Ketchup, Kuss und Kaviar

Hortense Ullrich

Ketchup, Kuss und Kaviar

Planet Girl

Sonntag, 17. August

»Was hast du dir denn dabei gedacht?!«, rief meine beste Freundin Lucilla vorwurfsvoll.

»Er hat mich geküsst!«

»Und?«

»Ich war total verwirrt und tat das, was man in einem solchen Fall tut.« Lucillas Blick ruhte tadelnd auf mir. Daher schränkte ich ein: »Na ja, zumindest das, was *ich* in einem solchen Fall tue: Ich bin weggerannt.«

Lucilla seufzte tief. Wir standen vor dem Eingang des Wissenschafts- und Technikmuseums, aus dem ich geflüchtet war, als Felix mich geküsst hatte. Sie schüttelte den Kopf. »Ach, Jojo, ich wünschte wirklich, du würdest dich *ein* Mal ganz normal benehmen. Ein Junge küsst dich und du panikst. Wieso?«

»Ich habe unmissverständlich gesagt, dass ich keine Beziehung will.«

»Ein Kuss ist ja noch keine Beziehung. Und auch kein Grund, einfach abzuhauen. Außerdem verstehe ich dich nicht: Felix ist doch echt cool. Wieso rennst du vor ihm weg?«

»Ich bin ja auch nicht vor ihm weggelaufen, sondern …« Ich brach ab.

»… vor einer Beziehung«, ergänzte Lucilla.

He, das hatte sie gut formuliert! »Genau!«, nickte ich. Als meine Beziehung mit Tim in die Brüche gegangen war, hatte ich entschieden, dass ein Leben ohne festen Freund sehr viel entspannter für mich sei. Lucilla hingegen hielt fest an ihrer These, dass jeder so glücklich sein sollte wie sie mit ihrem Valentin, und setzte sehr viel Energie ein, für mich den nächsten festen Freund zu finden. Lucillas Verkupplungsversuche waren fast noch anstrengender als die chaotische Beziehung mit Tim und Lucillas Auswahl an potenziellen Freunden war stets so daneben, dass sie mich in meiner Entscheidung, keinen festen Freund zu haben, noch bestärkte.

Dann lernte ich Felix kennen. Er war superschlau, supernett und superentspannt. Letzteres ist im Umgang mit mir von enormem Vorteil. Wir hatten jede Menge Spaß und es war herrlich stressfrei, eben weil wir *kein* Paar waren und uns die ganzen Komplikationen einer Beziehung erspart blieben. Wir waren perfekte *Freunde.* Bis heute. Wir waren zu viert ins Museum gegangen, weil Lucilla unbedingt Felix kennenlernen wollte, den ich bis dahin ganz erfolgreich vor ihr geheim gehalten hatte. Felix schlug einen Museumsbesuch vor. Kann ja eigentlich nicht viel schiefgehen. Aber leider umwehen Lucilla und Valentin immer merkwürdige romantische Schwingungen, die ansteckend sind. Also, ich bin inzwischen natürlich dagegen immun, mir wird höchstens mal übel von ihrem Liebesgesülze. Aber für Neulinge ist es wohl ansteckend und Felix wurde infiziert und hat unseren Museumsausflug nur noch im Nebel der Romantik wahrgenommen. Ich hatte das gar nicht bemerkt, ich war bestens gelaunt und sagte im Überschwang der guten Laune zu Felix, ich sei der Meinung, dass wir perfekt zusammenpassen. Und statt dass Felix so was antwortete wie: »Bin genau deiner Meinung, lass uns Freunde fürs Leben sein«, küsste er mich einfach. Erschwerend kam noch hinzu, dass ich es toll fand. Das verwirrte mich noch mehr und dann hatte ich nur noch einen einzigen Gedanken: bloß weg. Also bin ich aus dem Museum gestürmt und stand völlig erschlagen vor dem Eingang, wo mich Lucilla schließlich entdeckte.

Lucilla sah sich um, zog mich am Arm zu einer Bank und nötigte mich dazu, mich zu setzen. Dann nahm sie neben mir Platz und sagte: »Müssen wir jetzt wieder ganz von vorne anfangen? Muss ich dir erzählen, wie romantisch es ist, eine Beziehung zu haben? Also zumindest für Valentin und mich. Du schaffst es ja immer, dass die Romantik bei dir auf der Strecke bleibt. Das liegt aber daran, dass du dir immer Jungs ohne Talent zur Romantik aussuchst. Wieso lässt du dir denn nicht von mir helfen? Ich könnte den perfekten Typen für dich finden.«

»Lucilla, das hatten wir schon, das klappt nicht. Außerdem ist Felix ja perf...« Ich stoppte erschrocken.

Zu spät. Lucillas Augen glitzerten, sie sprang auf und rief: »Hach!«

»Nix hach! Das ist alles ein Missverständnis.«

»Ist es nicht. Ihr seid das ideale Paar. Ich wusste es sofort!«, rief sie eifrig. »Los, komm wieder mit rein. Felix sitzt mit Valentin im Museumscafé.«

»Du hast ihn mit Valentin alleine gelassen? Hältst du das für eine gute Idee?«

Valentin war nämlich ganz und gar nicht angetan von Felix. Das lag an Lucilla, weil sie nämlich auf der Stelle begeistert von Felix war und ihn bewundernd anzwitscherte. Und da kam die Kehrseite der Romantik zutage: Eifersucht. Valentin war eifersüchtig und ließ es an Felix aus. Da Felix jedoch supernett und entspannt ist, hat er Valentins spitze Bemerkungen einfach großzügig ignoriert. Was Valentin nicht besänftigt hatte. Und nun saßen die beiden zusammen im Café?!

Lucilla schien ähnliche Überlegungen anzustellen, denn sie wurde plötzlich unruhig und zog heftig an meinem Arm. »Los, jetzt komm schon mit.«

»Ich geh auf keinen Fall mehr da rein!«, teilte ich Lucilla mit. Ich wollte einen kleinen Sieg davontragen, obwohl mir schon klar war, dass es nicht unter *Sieg* fällt, wenn ich mich weigere, das Museum zu betreten.

»Dann bleib hier und ich schicke Felix raus zu dir.«

Lucilla sauste zurück ins Museum und ich saß völlig niedergeschlagen auf der Bank.

Ach, Murks, das ist alles irgendwie echt blöd! Und peinlich. Extrem peinlich. Ich hätte nicht einfach weglaufen sollen. Wie soll ich das denn erklären?

Ich dachte angestrengt nach. Als die Tür des Museums plötzlich aufgestoßen wurde und Felix rauskam, sprang ich auf und rannte weg.

Toll, Jojo, sehr erwachsen – gleich zweimal am selben Tag einfach abhauen, wenn's unangenehm wird.

War mir jetzt auch egal. Ich rannte nach Hause und verbarrikadierte mich in meinem Zimmer. Erwachsen sein wird eh überbewertet.

Montag, 18. August, vormittags

»Jojo, Probleme löst man nicht, indem man sich in seinem Zimmer einschließt!« Meine Mutter versuchte gestern Nachmittag, durch die geschlossene Tür mit mir zu verhandeln.

»Doch. Manchmal gehen sie dann weg«, rief ich und hoffte, dass Felix, der nämlich neben meiner Mutter vor meiner Tür stand, diesen Hinweis verstehen würde.

Unmöglich, echt. Er kam einfach bei mir zu Hause vorbei. Wie oft muss ich denn noch weglaufen, bevor er es kapiert?!

Meine Mutter klopfte erneut. »Jojo, nun komm doch bitte raus, du hast Besuch! Das ist unhöflich, was du machst!«

»Mir egal«, rief ich von innen. Ich presste mein Ohr an die Tür, um zu hören, was sie und Felix miteinander redeten.

»Hat sie was angestellt?«, erkundigte sich meine Mutter gerade. »Das kommt nämlich öfter mal vor, dass sich Leute über Jojo beschweren. Da kann ich Geschichten erzählen …«

»Mam!«, brüllte ich.

»Entschuldige, Schätzchen.« Dann wandte sie sich wieder an Felix. »Habt ihr euch gestritten?«

»Nein, im Gegenteil«, sagte Felix.

»Im Gegenteil?«, wunderte sich meine Mutter. »Was ist denn das Gegenteil von Streit?«

»Felix!«, quiekte ich nun hysterisch durch meine Tür. Er würde doch wohl nicht meiner Mutter …

»Geht es um Verabredungen?«, fing meine Mutter an zu raten. »Hat sie Termine nicht eingehalten? Da ist sie nämlich furchtbar nachlässig.«

»Mam!«, rief ich wieder.

»Entschuldige«, meinte sie zunächst, doch dann wurde sie etwas ärgerlich. »Dann komm jetzt gefälligst aus deinem Zimmer, ich weiß schon gar nicht mehr, was ich sagen soll.«

»Du sollst ja auch gar nichts sagen. Ich will mit niemandem reden!«, rief ich.

Eine Tür im Flur wurde aufgerissen. »Hey, was soll denn der Krach hier!«, hörte ich meine kleine Schwester Flippi empört schimpfen. »Ihr stört die Nachtruhe, da kann ja keine Schnecke ein Auge zutun!«

»Es ist Nachmittag, Flippi«, sagte meine Mutter.

»Schon, aber ich trainiere meine Schnecken für andere Zeitzonen. Ich werde nämlich ins Exportgeschäft einsteigen. In Asien ist es jetzt Nacht. Und wenn ich für den asiatischen Markt Schnecken züchte, müssen die für die Zeitumstellung fit sein.«

»Du züchtest Schnecken für Asien?«, erkundigte sich Felix.

»Ja, was dagegen?! Und nur damit das klar ist: Es ist *meine* Idee.«

»Keine Sorge«, beruhigte Felix sie, »ich bin nicht im Schneckenbusiness.«

»Was soll überhaupt der Auflauf vor dem Zimmer meiner verhaltensgestörten Schwester?«

»Flippi!«, tadelte meine Mutter.

Felix lachte.

Ich trat ärgerlich gegen die Tür.

»Jojo!«, mahnte meine Mutter nun mich.

»Ich will nur mit ihr reden«, erklärte Felix Flippi.

»Ach was? Freiwillig oder hast du 'ne Wette verloren?«

Felix lachte schon wieder und ich boxte gegen die Tür.

Flippis Stimme ertönte erneut. »Und wo bitte ist das Problem?«

Meine Mutter seufzte. »Jojo will nicht aus ihrem Zimmer kommen.«

»Soll ich mich darum kümmern?«, bot Flippi sogleich an.

»Nein«, sagte meine Mutter.

»Was meinst du damit – *dich darum kümmern*?«, fragte Felix.

»Ich hol sie aus ihrem Zimmer.«

»Und das gelingt dir?«, fragte Felix weiter.

»Na sicher«, rief Flippi. »Zwei Euro und sie ist in fünf Minuten draußen.«

»Flippi!«, schimpfte meine Mutter und sagte zu Felix: »Gib ihr bloß kein Geld.«

»Mami!«, fauchte Flippi. »Das ist geschäftsschädigend, was du hier tust! Ich könnte dich verklagen!«

»Isolde, wir müssen los!«, rief Oskar von unten. Meine Mutter und ihr Mann Oskar, der nicht unser leiblicher Vater ist, aber der beste Vater, den man sich wünschen kann, arbeiten beide im Theater. Er als Bühnenbildner, sie als Kostümbildnerin. Deshalb haben sie gelegentlich auch abends Dienst, wenn eine Vorstellung ist.

»Keine Deals, bei denen Geld im Spiel ist!«, mahnte meine Mutter Flippi noch einmal und ging.

Getuschel zwischen Felix und Flippi, Felix bezahlte offensichtlich, denn Flippi rief kurz darauf: »Jojo, es brennt, rette dich!«

Glaubt die, ich bin blöd?

»Oskar hat Schokokuchen gebacken. Steht unten in der Küche«, rief sie nun.

Ich schluckte sehnsüchtig, aber rührte mich nicht von der Stelle. Das mit dem Kuchen entsprach der Wahrheit, der Duft zog durchs ganze Haus.

»Kein Interesse!«, antwortete ich.

Pause.

»Komm schnell raus, hier im Flur ist ein Einhorn!«

Gott, wie lahm!

»Es ist pink! Mit silberner Mähne!«

Was denkt sie eigentlich, wie alt ich bin?!

»Wenn du jetzt rauskommst, gebe ich dir einen Euro ab!«

»Vergiss es!«

Tja, da hat Felix wohl sein Geld falsch investiert.

Das schien Flippi nun auch festzustellen. »Tut mir leid, klappt wohl doch nicht«, sagte sie zu Felix. »Aber das Geld kannst du trotzdem nicht zurückhaben.«

»Schon gut«, meinte Felix und ging.

»Tschüss!«, rief ihm Flippi hinterher. »War nett, mit dir Geschäfte zu machen.«

Dann war Ruhe.

So. Das wäre erledigt. Allerdings ließ mich der Gedanke an Oskars Schokoladenkuchen nicht los. Ich entschied, mir ein Stück zu holen. Eine kleine Weile wartete ich noch, dann ging ich runter in die Küche, öffnete die Tür und – fluchte.

Felix lehnte am Kühlschrank und grinste.

Flippi stand mit übereinandergeschlagenen Armen daneben. »Na bitte!«, meinte sie.

»Deine Schwester ist echt gut«, begrüßte er mich.

Ich wollte mich umdrehen und zur Küche raus, doch Flippi war schneller. Sie sauste an mir vorbei durch die Tür und schloss von außen ab. »Sonderservice«, rief sie. »Das wäre dann noch mal ein Euro. Leg das Geld einfach auf den Küchentisch. Und,

Jojo, komm nicht auf dumme Gedanken! Wenn da nachher nichts mehr liegt, bist du dran. Ich weiß, wo du wohnst!«

Felix legte lachend einen Euro auf den Tisch und meinte: »Sie ist wirklich genial.«

»War das der Plan von Anfang an? Mich in Sicherheit zu wiegen und mir dann eine Falle zu stellen?«, fragte ich feindselig.

»Ihr Plan. Nicht meiner. Sie scheint dich gut zu kennen. Oder Oskars Schokokuchen ist wirklich so sensationell.«

»Das ist er«, brummte ich. »Willst du ein Stück?«

Felix nickte.

Ich holte zwei Teller aus dem Schrank, ging zum Tisch, schnitt Kuchen ab, schob einen Teller in Felix' Richtung und setzte mich.

Felix nahm mir gegenüber Platz und sah mich an.

Ich hob abwehrend die Hand. »Schau mich nicht an. Und ich will auch nicht darüber reden.«

Felix probierte Oskars Kuchen. »Der ist echt klasse.« Nach zwei weiteren Bissen stoppte Felix und sah mich an. »Ich hab mal 'ne grundsätzliche Frage: Findest du mich nett?«

»Hey! Ich hab doch gesagt, ich will nicht darüber reden.«

»*Darüber* rede ich ja nicht. Es ist eine allgemein gehaltene Frage. Also, findest du mich nett?«

»Ja.«

»Attraktiv?«

Ich nickte und wurde ein wenig rot.

»Fühlst du dich zu mir hingezogen?«

Ich riss die Augen auf. »Das ist keine allgemein gehaltene Frage mehr, das ist sehr persönlich!«

Felix tat erstaunt. »Wo ist das Problem? Du sagst einfach Ja oder Nein.«

Ich zögerte.

»Möglichst die Wahrheit«, fügte er hinzu.

Ich lächelte ein wenig, betrachtete meinen Kuchen sehr genau und meinte: »Ja.«

»Verbringst du gerne Zeit mit mir?«

»Ja.«

»Hm«, machte Felix und kratzte sich am Kopf. »Dann haben wir doch ein Problem.«

»Wieso?«

»Na, mir geht es genauso. Also, umgekehrt. Wenn du mir die Fragen gestellt hättest, hätte ich sie auch alle mit Ja beantwortet.«

»Und wo ist da das Problem?«

»Dass du wegläufst, wenn ich dich küsse.«

Ich schnappte verärgert nach Luft.

»Was ist?«

»Ich will nicht darüber reden. Und nicht mehr daran denken. Es war schrecklich!«

»Was? Küsse ich so schlecht?«

»Aber nein, im Gegenteil, es war …« Irgendwie kam ich ins Stocken.

Felix bot an: »… gut?«

Ich warf Felix einen bösen Blick zu.

Aber er ließ nicht locker. »Du hast ›im Gegenteil‹ gesagt und das Gegenteil von schlecht ist gut.«

Bei Felix musste man immer genau darauf achten, was man sagte. Er ließ einem kein Schlupfloch für Ausreden. Ich seufzte und nickte. »Ja, es war gut«, gab ich widerwillig zu.

Felix grinste. »Das ist echt ein Problem, jetzt sehe ich es auch: Wir verstehen uns blendend, wir mögen uns, verbringen gerne Zeit miteinander, kusstechnisch gibt es auch keine Beschwerden – wer will das schon!«

Ich musste lachen. Dann wurde ich wieder ernst. »Es ist nur so, dass ich nun mal keine Beziehung will. Es macht unsere Freundschaft kaputt.«

»Merkwürdige Theorie. Muss ich das verstehen?«

»So ganz verstehe ich es ja auch nicht«, räumte ich ein. »Aber ich bin nicht gut in Beziehungen. Immer geht was schief, es gibt Missverständnisse, Streit und dann ist Schluss. Ich verliere jemanden, den ich wirklich gernhatte, und das wäre nicht passiert, wenn ich keine Beziehung mit demjenigen gehabt hätte. Und zu dem ganzen Chaos kommt dann auch noch Liebeskummer hinzu. Nicht sehr empfehlenswert, sag ich dir. Davon hab ich die Nase voll.«

»Aha. Und die Lösung für all das ist …?«, fragte er und gab sich die Antwort selbst: »Nein, das Wegrennen sollten wir außen vor lassen. Ich glaube nicht, dass das eine Dauerlösung ist.«

Felix gehörte zu einer speziellen Sorte von Jungs. Normale Jungs reden nicht gern über Gefühle und Beziehungen und sie stellen auch nie so viele Fragen. Entweder die Dinge laufen oder sie laufen nicht.

Aber das ist ja eine der Eigenschaften, die mir an Felix so gut gefällt: dass man sich super mit ihm unterhalten kann, dass er einen ganz guten Durchblick hat und sogar feinfühlig ist. Nur jetzt wäre es mir lieber, er wäre einer von den Jungs, die nicht weiter nachdenken, sondern die Dinge einfach so hinnehmen. Denn im Augenblick fiel mir nichts mehr ein, was ich erwidern sollte, und ich konnte nur hilflos mit den Schultern zucken.

»Willst du dich nicht mehr mit mir treffen?«, fragte Felix.

»Was?! Doch, auf jeden Fall.«

»Aber?«

»Aber ... es wäre toll, wenn wir einfach so tun könnten, als wäre ... als hätten ...«, ich holte tief Luft, »... als hätten wir uns nicht geküsst.«

Felix hob die Augenbrauen. »Das ist alles? Wir machen ganz normal weiter, aber wir streichen den Kuss aus unserem Gedächtnis?«

Ich nickte langsam und sah ihn vorsichtig an. »Geht das?«

»Was?«

»Wir vergessen den Kuss einfach.«

»Was für einen Kuss?«, fragte Felix.

»Na, den im Museum!«

»Keine Ahnung, wovon du redest.«

»Oh.« Ich strahlte ihn an. »Danke.«

Er grinste zurück. »Kein Problem. Das hat auch einen Vorteil.«

»Welchen?«

»Dann haben wir unseren ersten Kuss noch vor uns!«

»Felix!«, schimpfte ich.

»Was?«

»Ich hab dir doch erklärt, dass ich …«

»… keine Beziehung will. Ich weiß. Ich werde einfach abwarten, bis du den Museumskuss wieder erwähnst. Das ist dann für mich das Startzeichen.«

»Ich werde den Kuss nicht mehr erwähnen.«

»Na klar wirst du.«

»Nein!«, rief ich ärgerlich.

Felix lachte. »Wird das jetzt der erste Streit in unserer Nichtbeziehung?«

»Und das Wort Beziehung kannst du auch gleich streichen!«

»Mach mir am besten eine Liste mit den verbotenen Wörtern.«

»Ja, mach ich. Ganz oben steht übrigens das Wort Flippi. Darauf reagiere ich wirklich allergisch.«

»Kein Problem«, rief Flippi, die plötzlich hinter mir in der Küche stand. »Ich hätte da eine neue Züchtung anzubieten: die Anti-Allergie-Schnecke.«

Ich fuhr herum. »Was machst du hier? Verschwinde!«

Flippi hob den Schlüssel für die Küchentür in die Höhe. »Ich dachte, du wärst daran interessiert, mir den hier abzukaufen?«

»Was? Seit wann kaufe ich dir Schlüssel ab? Du spinnst doch!«

Flippi zuckte die Schultern und ging wieder Richtung Tür. »War nur ein nettes Angebot. Kannst auch warten, bis Mami und Oskar vom Theater zurückkommen. Die schließen dir dann auf.«

Als mir klar wurde, was diese Kröte vorhatte, sprang ich auf, doch sie war schon wieder draußen und ich hörte nur noch, wie der Schlüssel im Schloss gedreht wurde.

Ich sah Felix an und deutete empört auf die Tür. »Das glaub ich ja nicht! Diese miese, kleine Geldeintreiberin!«

Felix grinste und stand auf. »Komm, wir geben ihr einen Euro und dann ist es gut.«

»Nein! Auf gar keinen Fall.«

»Ich muss aber jetzt nach Hause.«

Ich überlegte, sah mich um und rief triumphierend: »Wozu gibt's Fenster?«

Felix wirkte etwas verblüfft. »Du willst doch nicht etwa im Ernst, dass ich aus dem Fenster steige?«

Ich war bereits zum Küchenfenster gegangen und räumte die Fensterbank frei. »Na klar. Und sei froh, dass wir im Erdgeschoss sind.« Ich öffnete das Fenster und machte eine einladende Geste.

Felix zögerte, er wollte etwas sagen, doch ich kam ihm zuvor. »Sie kriegt keinen Cent mehr!«

Felix schüttelte den Kopf. »Ich kann's nicht fassen. Du erwartest wirklich, dass ich euer Haus durchs Fenster verlasse?«

»Jetzt stell dich nicht so an. Bist doch sportlich!«

Er brummte: »Du bist wirklich von Chaos umgeben.«

»Genau. Und wie du siehst, ist es nicht meine Schuld. Ich bin immer ein unschuldiges Opfer widriger Umstände.«

»Jemand sollte mal dein Leben entchaotisieren.«

»Du hast den Job. Ich lege keinen Wert auf Chaos.«

Felix lachte, schüttelte noch mal den Kopf und kletterte schließlich aus dem Fenster. Ich beugte mich raus und winkte ihm hinterher, während er davonging.

Montag, 18. August, nachmittags

Als ich heute Morgen in die Küche kam, empfing mich meine Mutter mit einem süßsauren Gesicht.

»Was?«, fragte ich und ging im Geiste meine Vergehen der letzten Tage durch. Mir fiel nichts Passendes ein.

»Frau Krause war heute Morgen hier«, teilte sie mir mit.

Okay. Frau Krause war unsere ältliche Nachbarin, die ein bisschen die Funktion eines Blockwartes eingenommen hatte.

»Aha«, meinte ich und wartete ab.

Meine Mutter holte Luft, sah mich durchdringend an und fuhr fort: »Frau Krause teilte mir mit – und ich zitiere: ›Gestern Abend hatte Ihre ältere Tochter Herrenbesuch, der es vorzog, Ihr Haus durch das Küchenfenster zu verlassen.‹ Möchtest du mir das erklären, Jojo?«

Eigentlich möchte ich nicht, dachte ich, aber mir war klar, dass das keine Antwort wäre, mit der meine Mutter sich zufriedengeben würde. »Das war Flippis Schuld.«

»Jojo, schieb nicht immer alles auf Flippi«, schimpfte meine Mutter.

»Doch! Es war die einzige Möglichkeit für Felix, das Haus zu verlassen!«

»Ach was! Hat sie ihn in der Küche eingeschlossen?«, spottete sie.

»Genau!«, rief ich verblüfft. »Woher weißt du das?«

Flippi erschien in der Küche, ich deutete auf meine Schwester und schlug meiner Mutter vor: »Frag sie selbst.«

Meine Mutter wandte sich an Flippi. »Hat Felix gestern unser Haus durchs Küchenfenster verlassen?«

Flippi nickte. »Allerdings.«

Meine Mutter schimpfte: »Was denkt sich der Junge denn! Er kann doch nicht durchs Fenster klettern. Ich finde das unmöglich. Dabei hat er einen so netten Eindruck gemacht!«

»Er ist ja auch nett.«

»Hast du ihn dazu gebracht?«

»Wozu? Nett zu sein?«

»Durchs Fenster zu klettern!«

»Nein. Flippi war es.«

»Jetzt verdrehst du aber die Tatsachen. Ich habe ihm nicht gesagt, er soll aus dem Fenster steigen. Ich war nicht mal in der Küche!«, verteidigte sich Flippi.

Ich schnappte empört nach Luft. Als Flippi mich mit hochgezogenen Augenbrauen ansah und auch meine Mutter sehr kritisch guckte, räumte ich ein: »Also okay, es war nicht Flippis Idee, aber es war ihre Schuld.«

Flippi schüttelte den Kopf. »Nein. Deine. Du wolltest nicht zahlen.«

Nun wurde meine Mutter misstrauisch.

Flippi hob abwehrend die Hand und sagte: »Frag nicht. Das willst du gar nicht wissen.« Unbeeindruckt ging Flippi zum Kühlschrank und suchte darin herum. Mit einem Schwung Salamischeiben in der Hand ging sie nun zum Küchenschrank und holte eine Tüte Marshmallows und eine Handvoll Salzstangen heraus.

Leicht irritiert wandte sich meine Mutter nun wieder an mich. »Also, was ist mit diesem Felix? Wieso verlässt er unser Haus nicht durch die Tür?«

»Weil Flippi uns in der Küche eingeschlossen hat. – Wie oft denn noch?!«

Meine Mutter drehte sich zu Flippi. »Stimmt das?«

Flippi hatte sich an den Tisch gesetzt und war gerade dabei, Marshmallows auf Salzstangen aufzuspießen und dann in Salamischeiben einzurollen. Sie nickte und meinte: »Ja. Ist das ein Problem?«

Meine Mutter stemmte die Arme in die Seiten. Das war ein guter Anfang, wenn ich Glück hatte, würde

Flippi endlich mal Ärger bekommen. »Wieso tust du so etwas?«

Flippi setzte ihre Unschuldsmiene auf und flötete: »Ich dachte, die beiden wollen ungestört sein.«

»Was soll denn das heißen?«, erkundigte sich meine Mutter alarmiert bei mir. »Wieso hältst du dich in abgeschlossenen Räumen mit diesem Felix auf?! Hast du was zu verbergen? Was läuft da?«

Gott, das war ja grottenpeinlich! Ich wurde echt sauer. »Mam! Nichts läuft und ich hab nichts zu verbergen! Felix ist nur ein Freund, mehr nicht, und ich hab die Tür nicht abgeschlossen!«

Oskar kam gut gelaunt in die Küche und befand sich plötzlich mitten in einem Krisengebiet. Mit einem Blick erfasste er die Situation und meinte sofort vermittelnd: »Na, wie wär's mit einem netten Frühstück?«

Flippi hob ihre Salami-Salzstangen-Marshmallow-Kombination hoch und rief: »Danke, ich hab schon.«

Meine Mutter seufzte und murmelte etwas von wegen keinen Appetit und da ich so schnell wie möglich die Küche wieder verlassen wollte, behauptete ich: »Ich hab schon gefrühstückt.«

Meine Mutter fuhr sofort zu mir herum und rief: »Schon wieder gelogen! Du hast noch nicht gefrühstückt, das hätte ich ja wohl gesehen!«

Verflixt! Das war eine von diesen Notlügen, die eigentlich erlaubt sind, aber das wollte ich nicht zugeben. Also musste ich bei meiner Behauptung bleiben. »Ich hab in meinem Zimmer gefrühstückt!«

»Ach, und was bitte?«

Gute Frage, was lag in meinem Zimmer herum, was als essbar gelten könnte? »Eine Tüte Chips.«

»Chips? Zum Frühstück?«, quietschte meine Mutter.

Meine Schwester sah mich mit gewisser Hochachtung an. »Willkommen im Club. Wenn du jetzt auf kreatives Essen umsteigst, hab ich ein paar tolle Rezepte für dich.«

Meine Mutter hatte ihren Blick starr auf mich gerichtet. »Jojo, was soll das? Ist das irgend so ein Protest, oder was?«

Ich konnte es nicht fassen, der Tag hatte noch nicht mal richtig angefangen und ich war schon total erschöpft und eigentlich wieder reif fürs Bett.

Es klingelte an der Tür. Meine Mutter ging, um zu öffnen. Das ersparte mir die Antwort. Doch dann stieg Panik in mir hoch: Womöglich war das schon wieder Frau Krause, der noch was eingefallen war, was sie beobachtet hatte und was mir neuen Ärger einbringen würde.

Aber es war nur Lucilla. Sie kam, gefolgt von meiner Mutter, bestens gelaunt in die Küche, setzte sich erwartungsvoll zu uns an den Küchentisch und strahlte Oskar an.

Oskar lächelte etwas verunsichert zurück. Nachdem Lucilla weiter eisern strahlte, fragte er schließlich: »Kann ich was für dich tun?«

Lucilla nickte und sagte: »Gerne. Zwei Stück bitte.«

Oskar sah mich fragend an. »Zwei Stück?«

Ich zuckte die Schultern. Keine Ahnung, war wohl ein Geheimcode, den ich nicht kannte.

Lucilla fiel die Verwirrung auf, sie lachte und rief: »Pfannkuchen!«

Da Oskar immer noch nicht reagierte, erklärte ihm Lucilla: »Sie machen doch immer Pfannkuchen zum Frühstück. Die sind so super, ich hab extra zu Hause nichts gegessen, damit ich mir nicht den Appetit verderbe.«

»Oh«, sagte Oskar erleichtert. Erleichtert mehr darüber, dass sich Lucillas rätselhafte Mitteilung nun aufgeklärt hatte, weniger wohl, dass hier bei uns Leute erscheinen und wie in einem Restaurant Essensbestellungen abgeben. Aber er nahm es sportlich und fragte nur schlicht in die Runde: »Sonst noch jemand?«

»Nein, danke«, rief meine Mutter. »Wegen mir musst du dir nicht so eine Mühe machen. Ich trinke bloß einen Tee.« Sie hätte sicher auch gerne einen Pfannkuchen gehabt, aber sie wollte damit Lucilla wohl durch die Blume mitteilen, dass es eine Zumutung für Oskar sei, bei ihm Pfannkuchen zu bestellen.

Lucilla ist aber niemand, der etwas Durch-die-Blume-Mitgeteiltes wahrnimmt. Im Gegenteil. Sie wandte sich an meine Mutter: »Sie sollten sich die Pfannkuchen nicht entgehen lassen. Das sind die besten, die man kriegen kann!«

»Jojo?«, fragte Oskar mich.

Ich nickte. »Auch zwei bitte. Und viiielen Dank auch, das ist echt nett von dir«, versuchte ich, ihn für seine Mühen zu entschädigen.

Auf der einen Hälfte des Gesichts meiner Mutter zeigte sich so etwas wie Stolz, dass sie eine so höfliche Tochter hat, auf der anderen Hälfte ein Vorwurf, dass ich eine solche Freundin habe. Vielleicht deutete ich da aber auch zu viel hinein und sie hatte bloß Zahnschmerzen. Dann ging sie seufzend zum Schrank und wählte eine Teesorte aus. Ich nehme mal an, den Dieser-Morgen-fängt-ja-gut-an-Tee.

Während Oskar sich mit Eieraufschlagen beschäftigte und meine Mutter ihren Tee brühte, beugte sich Lucilla zu mir. »Also, was ist jetzt? Was macht dein Liebesleben?«, fragte sie fröhlich.

Meine Mutter fuhr herum, Oskar zuckte leicht zusammen, guckte aber weiterhin starr auf seine Zutaten.

Himmel! Wir saßen hier in einem ziemlich öffentlichen Raum, wo jeder hören konnte, was wir sagten. Musste Lucilla ausgerechnet jetzt über mein Liebesleben reden? »Nichts ist«, antwortete ich also vage.

Lucilla fuhr erschrocken hoch. »Ist etwa schon wieder Schluss?! Jojo, wirklich, du musst endlich mal …«

»Lucilla!«, stoppte ich sie.

»Na, hör mal, er ist echt süß! Und er ist verknallt in dich.«

»Nein!«, jaulte ich, weil ich dieses Gespräch vor meiner Familie nicht führen wollte. Lucilla hatte da gar keine Bedenken, sie ließ stets alle an ihrem Leben teilhaben. Aber ich fand Privatsphäre nach wie vor sehr angenehm.

Doch bevor ich ihr das mitteilen konnte, rief sie: »Aber er hat dich doch geküsst!«

Ich zuckte zusammen und ließ meinen Kopf auf den Tisch sinken. Ich hörte, wie Oskar ein Ei herunterfiel und meine Mutter japste.

Lucilla sah sich erstaunt um. »Was ist? Hab ich was Falsches gesagt?«

Während der Blick meiner Mutter anklagend auf mir ruhte, machte Flippi Würgegeräusche und Oskar sah mich voller Mitleid an. Ich wollte was sagen, aber dann entschied ich mich anders. Ich zerrte Lucilla erst aus der Küche und dann gleich ganz aus dem Haus.

»Was ist mit meinen Pfannkuchen?«, jammerte sie, als wir draußen standen.

»Wo soll ich jetzt wohnen?«, zischte ich zurück. »Das war's! Ich kann mich hier nicht mehr blicken lassen.«

»Was hast du denn?«

»Das ist absolut oberpeinlich! Außerdem stehe ich jetzt als Lügner da. Ich hatte meiner Mutter versichert, Felix sei nur ein guter Freund.«

»Warum tust du auch so was? Ist doch nicht schlimm, wenn ein Junge dich küsst.«

»Nein, grundsätzlich nicht, aber wenn er das Haus durch ein Fenster verlässt, kriegt das alles irgendwie eine andere Bedeutung!«

Lucilla sah mich erstaunt an. »Wieso ist Felix durch das …?«

Ich stoppte sie. »Frag jetzt nicht. Ich muss erst mal nachdenken. Los, lass uns in die Stadt gehen.«

Montag, 18. August, abends

Nachdem Lucilla in der Stadt zwei Crêpes gegessen hatte und ich ihr den weiteren Verlauf des Museumsnachmittags geschildert hatte, seufzte sie tief. »Das war wohl die kürzeste Beziehung in der Geschichte der Romantik. Sie hat ja nicht mal einen Tag gedauert, weil du gleich wieder Schluss machen musstest!«, schimpfte sie.

»Lucilla, es ist nicht Schluss, weil es gar nicht erst angefangen hat. Felix und ich sind nach wie vor Freunde. Den Kuss vergessen wir einfach.«

»Und du glaubst wirklich, das geht?«, fragte sie misstrauisch.

»Wieso sollte das denn nicht gehen?«, gab ich unbekümmert zurück.

»Weil du immer, wenn ihr euch seht, an den Kuss denken wirst. Und weil du Felix toll findest, wirst du früher oder später doch eine Beziehung mit ihm haben wollen. Eher früher.«

»Nein.«

»Du bist also sicher, du willst ihn nicht als festen Freund?«, fragte sie noch eine Stufe misstrauischer.

»Absolut.«

»Dann triff dich besser nicht mehr mit ihm.«

»Aber ich mag ihn doch!«

»Eben.«

»Das ergibt keinen Sinn, was du sagst, Lucilla.«

Lucilla lächelte. »Nein, Jojo, was *du* sagst, ergibt keinen Sinn! Wirst ja sehen. Ich kenne mich aus. Besser als jede andere, das weißt du.«

Ich stöhnte und schwieg. Es sah so aus, als würde es mir nicht gelingen, Lucilla zu überzeugen. Ganz im Gegenteil, ich musste damit rechnen, dass Lucilla *mich* überzeugen würde. Sie hatte es bereits geschafft, mich zu verunsichern.

Sie begann erneut: »Vom Standpunkt der Romantik aus gesehen, wirst du, wenn du mal nachdenkst, zu dem Schluss kommen …«

Ich wollte jetzt nicht nachdenken und der Standpunkt der Romantik hatte sich mir sowieso noch nie offenbart. »Was ist eigentlich die Trendfarbe dieses Sommers?«, rief ich. Mode war meine ultimative Geheimwaffe, wenn ich Lucilla ablenken wollte.

Lucilla sah mich etwas tadelnd an und meinte: »Also darüber haben wir bereits gesprochen, Jojo. Lila! Alle Schattierungen von flieder bis mauve.«

»Ach ja. Stimmt. Wir könnten Schaufenster kontrollieren, ob sich die Geschäfte auch daran halten«, schlug ich vor.

Lucilla strahlte. »Tolle Idee!«

Wir verließen den Crêpesladen und machten uns auf den Weg.

Nachdem wir ausgiebig als Modepolizei unterwegs gewesen waren, wollte Lucilla sich mit Valentin treffen.

Das stellte mich vor die schwere Entscheidung, entweder für den Rest meines Lebens in ein Hotel zu ziehen oder doch reumütig nach Hause zurückzukehren. Ein Blick in mein Portemonnaie nahm mir die Entscheidung ab.

Also, zurück in die Höhle des Löwen. In meinem Fall in die Höhle der Löwin. Denn am meisten fürchtete ich mich vor meiner Mutter.

Sie überraschte mich jedoch. Kaum war ich zur Tür rein, da fiel sie mir jammernd um den Hals. »Es tut mir so leid, Jojo. Ich muss wirklich eine schlechte Mutter sein, wenn du dich nicht traust, mir zu sagen, dass du einen neuen Freund hast. Das ist wirklich kein Problem, du musst es nicht vor mir verheimlichen!«, sprudelte sie heraus.

Wow! Während sie mich umarmte, sah ich Oskar fragend an. Er nickte beruhigend und lächelte. Aha, der gute Oskar hatte also Vorarbeit geleistet. Ich strahlte ihn dankbar an.

»Erzähl uns von deinem Felix!«, meinte meine Mutter, ließ mich aber nur halb los und führte mich in die Küche. Sie nötigte mich, Platz zu nehmen, warf Oskar einen auffordernden Blick zu, woraufhin er sofort Tee zubereitete. Tee – das Allheilmittel meiner Mutter bei jeder Art von Stress.

Ich seufzte und dachte nach. Wenn ich meiner

Mutter nun erzählte, dass Felix gar nicht mein neuer Freund ist, würde sie das sehr deprimieren?

»Er macht einen sehr netten Eindruck«, begann sie und wollte damit das Gespräch einleiten.

Ich seufzte erneut.

»Er behandelt dich doch gut, oder?«

»Doch, ja, wieso fragst du das?«

»Weil du so ein gequältes Gesicht machst.«

»Oh, das hat nichts zu bedeuten«, murmelte ich. Was mich quälte, war der Gedanke, dass ich nun lügen müsste, um meiner Mutter erneuten Kummer und mir Unmengen von Tee zu ersparen.

Ich holte tief Luft und sagte schließlich: »Es ist alles ganz prima, er ist supernett zu mir und …« Ich brach ab, weil ich nicht wusste, was ich sonst noch sagen sollte.

»Und du bist bis über beide Ohren verliebt«, ergänzte meine Mutter aufgeregt. Sie strahlte.

Ich war bis über beide Ohren *verwirrt*, aber ich brachte es nicht übers Herz, sie zu enttäuschen.

Was ist denn das für eine vertrackte Geschichte, dass ich vor meiner Mutter jetzt so tun muss, als wären Felix und ich ein Paar? Das wird ganz schön anstrengend, falls es überhaupt auf Dauer gut geht. Fast wünschte ich, wir hätten wieder Schule, dann hätte ich wenigstens für ein paar Stunden am Tag einen Ort, an dem ich mich erholen kann. Aber noch sind Ferien. Und da wir nicht in Urlaub fahren, gibt es auch keine Chance, mich der ganzen Situation zu entziehen.

Toll, jetzt muss ich darauf achten, dass Felix nicht meiner Mutter begegnet!

Vielleicht sollte ich ihm sicherheitshalber auch nicht begegnen? Lucilla hat mich wirklich unsicher gemacht.

O Mann, wieso kann mein Leben nicht einfach mal ganz langweilig vor sich hinplätschern? Wieso gerate ich immer in reißende Wildwasserflüsse?

Dienstag, 19. August

Felix rief gestern Abend an und sagte, er habe mich vermisst.

Ich schluckte. Na bravo, wir sind nicht mal zusammen und er vermisst mich! »Felix, meinst du nicht, du übertreibst da etwas?«, begann ich vorsichtig.

»Nein, eigentlich nicht. Wir waren verabredet. Kino. 15 Uhr.«

»Hab ich vergessen«, stöhnte ich. »Tut mir wahnsinnig leid.«

»Was ist mit deinem Terminkalender? Und falls du jetzt fragen willst: ›Was für ein Terminkalender?‹ Lass mich dir auf die Sprünge helfen: der, den wir beide zusammen gekauft haben und in den du dir all deine Termine eintragen wolltest«, sagte er fröhlich.

»Ach, Murks!«, rief ich.

Er lachte. »Weißt du, es geht mir dabei gar nicht so sehr um das Kino heute. Ich mach mir Gedanken, weil ich dir dort auch meinen Geburtstag eingetragen habe, und wir können nicht das Risiko eingehen, dass du den vergisst.«

»Also, wie ich dich kenne, wirst du mich ganz sicher mehrfach rechtzeitig daran erinnern.«

»Allerdings.«

»Ich werde den Terminkalender sofort suchen!«

»Oje, suchen also. Das schaffst du nie. Du bist kein Profi, du bist ein Amateur. Ein chaotischer Amateur. Ich denke, es ist besser, wenn du einen Fachmann zur Seite hast.«

»Dich?«

»Sicher, was denkst du denn?«

Ich zögerte. Die Idee, dass Felix in die Tiefen meiner Unordnung eindringen würde, gefiel mir nicht so besonders. »Ich weiß nicht, das ist echt mühsam. Ich muss mein gesamtes Zimmer umgraben.«

»Umgraben? Hm, da könnte ich dir natürlich auch unseren Gärtner vorbeischicken. Er hat Spezialwerkzeuge.«

»Ihr habt einen Gärtner?«

»Ähm, ja.« Felix ging nicht weiter darauf ein. »Also wann soll ich kommen? Ich hab morgen bis drei Zeit. Wenn wir bereits vor dem Frühstück anfangen zu graben und pro Stunde eine Fläche von einem Quadratmeter bearbeiten, dann rechne doch mal unter Berücksichtigung der Gesamtfläche deines Zimmers aus, wie lange …«

Ich unterbrach ihn. »Wird das eine Matheaufgabe?«

»Na ja, ich wollte bloß, dass du dir darüber klar wirst, dass wir sehr viel Zeit miteinander verbringen werden.«

»Nicht, wenn ich den Terminkalender heute noch finde.«

»Tu mir das nicht an. Sonst muss ich mir einen neuen Grund ausdenken, um morgen vorbeizukommen.«

Plötzlich wurde mir bei dem Gedanken, Felix zu sehen, mulmig. Meine Mutter würde ganz sicher total unpassende Bemerkungen machen, ihn womöglich in unserer Familie willkommen heißen oder sonst was Peinliches. Und ich hatte nicht vor, Felix zu erklären, dass meine Mutter annimmt, er und ich seien ein Paar.

»Hm, weißt du, das ist … das geht nicht«, stotterte ich.

»Was?«

»… dass du zu mir nach Hause kommst.«

»Also, wir können natürlich nach deinem Terminkalender auch in einem Eiscafé oder in einer Pizzeria suchen, wenn dir das lieber ist. Aber ich denke, da sind unsere Erfolgschancen nicht so gut.«

Ich musste lachen, atmete tief durch und dachte nach. Der Gedanke, Felix zu sehen, machte mich nervös. Aber ich wusste nicht, wieso. Vielleicht hatte Lucilla recht und ich sollte ihn erst mal gar nicht mehr treffen. Zumindest bis ich nicht mehr so wuschig war. Ja, ich brauchte eine kleine Felix-Pause. Aber wie sollte ich ihm das sagen?

Ich könnte sagen, dass wir verreisen. Allerdings könnte ich dann das Haus nicht mehr verlassen, was wiederum meine Mutter misstrauisch machen würde, und sie würde annehmen, dass mit Felix und mir irgendetwas nicht in Ordnung ist. Dann müsste ich wieder Tee trinken und lange Gespräche mit ihr führen. Also, keine gute Idee.

»Wieso geht es nicht?«, fragte Felix erneut.

»Weil … wir morgen in Urlaub fahren.« Verflixt! Hatte ich das eben wirklich gesagt? Nachdem ich festgestellt hatte, dass es *keine* gute Idee ist?!

»Oh, das ist ja eine Überraschung. Davon hast du gar nichts gesagt.«

»Ja, ähm, war für mich auch eine Überraschung. Ich wusste es bisher auch noch nicht.«

»Wo fahrt ihr denn hin?«

»Ähm, keine Ahnung. Das ist auch eine Überraschung.«

»In eurer Familie scheint man Überraschungen zu lieben.«

»Na ja …«, sagte ich und begann, mir Vorwürfe zu machen, dass ich das mit dem Urlaub gesagt hatte. Es würde mich in Schwierigkeiten bringen, das war klar.

»Wie lange seid ihr denn weg?«

»Ähm, weiß nicht …«

»Auch eine Überraschung?«

»Hm«, machte ich nur noch.

»Jojo?«

»Ja?«

»Stimmt das?«

»Was?«

»Das mit dem Urlaub. Es klingt unglaubwürdig.«

»Na hör mal, glaubst du denn, ich denk mir so was aus?«

»Ja.«

»Also wirklich!«, rief ich ärgerlich. Und das war nicht gespielt. Ich war ärgerlich, sehr sogar. Und zwar auf mich. Wieso rede ich, ohne nachzudenken?! Obwohl, ich hatte ja nachgedacht, ich hab bloß das Gegenteil von dem getan, was ich eigentlich tun wollte. Wie kommt so was bloß? Wieso kann ich nicht einfach die Wahrheit sagen? Daran muss ich dringend arbeiten. Ich seufzte.

»Jojo, wenn du mich nicht mehr sehen willst, wäre es mir lieber, du würdest es einfach sagen.«

»Na, das ist ja wohl eine ganz absurde Idee! Natürlich will ich dich sehen. Wir fahren halt bloß jetzt in Urlaub und ... und wenn wir wieder da sind, melde ich mich sofort und wir treffen uns. Okay?«

Meine Reaktion auf Felix' Statement gilt wohl nicht als *daran arbeiten, die Wahrheit zu sagen*. Ich bin ein hoffnungsloser Fall.

»Na gut«, meinte Felix. »Melde dich, wenn du zurück bist! Und viel Spaß im Urlaub!«

Flügellahm beendete ich unser Telefonat.

Dann wurde mir klar, dass ich mir gerade für unbestimmte Zeit selbst Hausarrest verpasst hatte. Ich konnte mich nirgends mehr blicken lassen, weil die Gefahr bestand, dass ich Felix begegnen würde!

Toll gemacht, Jojo!

Dienstag, 19. August, abends

Ich verbrachte also den Rest des Tages zu Hause. Ich rief alle fünfzehn Minuten bei Lucilla an, weil ich ihren Rat brauchte. Aber sie war nicht da. Normalerweise wäre das kein Problem, denn ich kenne alle Orte, wo Lucilla und Valentin sich aufhalten und sich gegenseitig versichern, wie wunderbar der jeweils andere doch sei. Lucilla hat mir nämlich bereits die romantischste Parkbank, das romantischste Eiscafé, die romantischste Stelle am Springbrunnen im Einkaufszentrum und so weiter ausgedeutet. »Für den Fall, dass du mal ein wenig Romantik in deine nächste Beziehung bringen willst«, hat sie gesagt. Na klar, wenn ich Romantik brauche, ist meine erste Wahl natürlich, zu einer Parkbank zu stiefeln! Tzzz!

Jedenfalls wollte ich nicht in der Stadt herumlaufen, um Lucilla zu suchen, weil ich Angst hatte, Felix zu begegnen. Also blieb mir nur das Telefon.

Ich tigerte rastlos im Haus umher und erregte dadurch dummerweise die Aufmerksamkeit meiner Mutter. »Was ist los, Jojo?«

»Nichts.«

»Ist es wegen Felix?«

»Nein!«

»Aber du läufst ständig zum Telefon und wirkst sehr angespannt.«

»Es ist nichts!«

Sie sah mich erschrocken an. »Ist etwa schon wieder Schluss? War das meine Schuld?«

»Nein!«, quiekte ich. »Alles in bester Ordnung!«

»Wieso triffst du dich denn dann nicht mit Felix?«

»Weil …« Ich überlegte fieberhaft. Ich brauchte schnell eine Erklärung, die nicht beinhaltete, dass ich Felix erzählt hatte, ich sei im Urlaub. »… weil er im Urlaub ist.«

Genau. *Er* ist im Urlaub. Guter Grund, dass er nicht hier auftaucht. Meine Mutter würde zufrieden sein und es ersparte mir in der nächsten Zeit auch weitere Fragen nach Felix.

Es wirkte, meine Mutter entspannte sich. »Ach so. Und du vermisst ihn. Deshalb bist du so unruhig.«

Ich nickte geistesabwesend, denn langsam sickerte die Erkenntnis zu mir durch, dass ich mir gerade vielleicht doch eine größere potenzielle Unfallgefahr aufgebaut hatte. Ich wusste noch nicht so genau, was an dieser Erklärung nicht gut war, hatte aber das unbestimmte Gefühl, es würde mich einholen und mir kräftig in die Nase beißen.

Nun musste ich noch dringender mit Lucilla sprechen!

Am späten Nachmittag erwischte ich sie endlich.

»Lucilla, ich hab ein Problem. Kannst du vorbeikommen?«

»Ach, ich war den ganzen Tag unterwegs. Komm du doch zu mir.«

»Das geht nicht.«

»Wieso?«

»Weil ich offiziell im Urlaub bin.«

»Von wo aus rufst du an?«

»Von zu Hause.«

»Aber du hast doch eben gesagt, du wärst im Urlaub.«

»Ja, das stimmt aber nicht. Das hab ich Felix erzählt.«

»Und mir eben.«

»Es war eine Notlüge.«

»Wieso musst du mich anlügen?«

»Die Notlüge war ja nicht für dich, sondern für Felix. Ich wollte dir nur sagen, wieso ich nicht zu dir kommen kann. Ich hab doch offiziell gesagt. *Offiziell* bin ich im Urlaub.«

»Und was hat das mit Felix zu tun? Wo ist er?«

»Felix ist auch *offiziell* im Urlaub.«

»Was, Felix ist weggefahren?«

»Nein. Das hab ich bloß zu meiner Mutter gesagt.«
Lucilla seufzte und schwieg.

»Lucilla?«

»Ja.«

»Alles in Ordnung?«

»Nein. Erklär mir noch mal, was *offiziell* bedeutet. Also in deiner Welt.«

»Es bedeutet, dass es nicht stimmt. Ich tue vor Felix so, als sei ich im Urlaub, und vor meiner Mutter, als sei Felix im Urlaub.«

»Jojo?«

»Ja?«

»Bleib wo du bist, rühr dich nicht vom Fleck, ich komme vorbei.«

»Oh, gut. Danke.«

»Und nur noch einmal, um ganz sicherzugehen: Du bist wirklich zu Hause, oder? Also nicht nur *offiziell*?«

»Ähm, jetzt verwirrst du mich etwas. Ich bin zu Hause. Ganz offiziell. Kannst meine Mutter fragen.«

Nun wurde Lucilla sehr streng. »Geh in dein Zimmer und rede mit niemandem mehr, bis ich da bin. Versprochen?«

»Ja«, sagte ich eingeschüchtert, legte den Hörer auf und schlich in mein Zimmer.

Kurz darauf erschien Lucilla. Sie trug eine große schwarze Sonnenbrille und um den Kopf hatte sie divamäßig ein Seidentuch ihrer Mutter geschlungen. Schnell schloss sie die Tür hinter sich, blickte sich in meinem Zimmer um und nahm schließlich die Brille ab. »Was ist los?«, fragte sie.

»Das sollte ich dich fragen. Wie siehst du aus?«

»Ich bin inkognito hier. Du hast am Telefon so merkwürdig geklungen, da dachte ich, es ist vielleicht besser, wenn mich niemand erkennt und keiner weiß, dass ich mich mit dir treffe.«

»Wie bist du hier ins Haus gekommen?«

»Ich hab geklingelt und deine Mutter hat mir aufgemacht.«

»Und was hat sie gesagt?«

»›Hallo, Lucilla, Jojo ist oben.‹«

Ich sah Lucilla bedeutungsvoll an und wartete ab.

Es dauerte eine Weile, dann hauchte sie: »Oh! Du meinst, meine Verkleidung war nicht so überzeugend?«

Ich nickte und Lucilla wirkte zerknirscht.

»Ist doch jetzt egal«, sagte ich. »Aber vielen Dank für den Versuch, war supernett von dir.«

Das beruhigte sie ein wenig, sie nahm ihr Kopftuch ab, setzte sich auf mein Bett und sagte: »Also, dann erzähl mir doch jetzt bitte, was du angestellt hast.«

Es dauerte eine Dreiviertelstunde, bis ich ihr erfolgreich erklärt hatte, in was für einen Schlamassel ich mich da hineingelogen hatte. Als sie es endlich verstanden hatte, sah sie mich sehr lange und sehr vorwurfsvoll an. »Es wäre alles viel leichter gewesen, wenn du nicht mit Felix Schluss gemacht hättest!«

»Aber ich hab doch gar nicht …« Ich verstummte. Es hatte keinen Sinn, Lucilla das noch einmal darzulegen. Für sie war die Sachlage anders. Außerdem brauchte ich ihre Hilfe und ich wollte sie nicht verärgern. Deshalb meinte ich bloß: »Du hast recht. Also, was mache ich jetzt?«

Lucilla dachte lange nach, schließlich nickte sie vor sich hin. Als sie mit dem Ergebnis ihrer Überlegungen zufrieden schien, sagte sie: »Erst einmal musst du wieder aus dem Urlaub zurückkommen. Als Zweites lässt du Felix aus dem Urlaub zurückkommen und dann sagst du Felix, dass es dir leidtut, dass du Schluss gemacht hast.«

»Und wie hilft mir das?«

»Du machst damit zwei deiner Lügen rückgängig

und die dritte verwandelst du auf diese Weise in eine Wahrheit.«

»Welche verwandle ich in eine Wahrheit? Also ich krieg meine Familie ganz bestimmt nicht dazu, mit mir jetzt schnell in den Urlaub zu fahren.«

»Das meine ich doch auch nicht. Ich rede von der Lüge, die du deiner Mutter aufgetischt hast, von wegen Felix ist dein neuer Freund.«

»Aha …«, meinte ich gedehnt.

Lucilla sprach es dann noch mal aus: »Du wirst Felix sagen, dass du es dir anders überlegt hast und nun doch eine Beziehung mit ihm willst.«

Na, ganz sicher nicht.

Aber Lucilla würde keine Ruhe geben. Sollte ich jetzt einfach Ja sagen und dann vielleicht vor Lucilla so tun, als wären Felix und ich zusammen? Meine Mutter geht ja auch bereits davon aus. Ich müsste es nur vor Felix geheim halten. Oder sollte ich ihn einweihen?

Nein, keine gute Idee, ich würde langsam den Überblick verlieren, was ich wem gesagt habe, wer mit wem jetzt eine Beziehung hat und wer im Urlaub ist und wer nicht. Ich hatte wirklich großes Interesse daran, meine Schwindeleien wieder aus der Welt zu schaffen.

»Wie mach ich denn einen Urlaub rückgängig?«, fragte ich Lucilla. Zunächst wollte ich nämlich lieber mal mit einem weniger heiklen Thema anfangen.

Lucilla überlegte. »Die Wahrheit kommt wohl nicht infrage?«

»Natürlich nicht! Wo denkst du hin!«, rief ich sofort.

»Dann sag einfach, du hast da was missverstanden. Bei dem Chaos, das du sowieso immer anrichtest, ist das absolut glaubwürdig.«

Ich sinnierte leidend vor mich hin.

»Nun mach schon, ruf Felix an!«, drängelte Lucilla.

»Ich denke, ich übe erst mal bei meiner Mutter«, seufzte ich.

»Du musst nicht üben. Absurde Erklärungen liegen dir. Du bist ein Naturtalent«, munterte mich Lucilla auf.

Ich lächelte schief. Lucilla hatte es nett gemeint. »Morgen. Das mach ich morgen früh als Allererstes. Okay?«

Lucilla sah unzufrieden aus.

»Ich bin zu erschöpft für eine absurde Erklärung«, bettelte ich.

Lucilla ließ mich vom Haken. »Okay. Morgen früh! Ich komme so um zehn vorbei und kontrolliere. Und sag Oskar, er schuldet mir noch zwei Pfannkuchen.« Sie stand auf, schlang das Seidentuch wieder kunstvoll um ihren Kopf, setzte die Sonnenbrille auf, ging zur Tür, öffnete sie vorsichtig einen Spalt und sagte zu mir: »Guck mal bitte nach, ob die Luft rein ist.«

»Mit *Luft rein* meinst du was?«, erkundigte ich mich.

»Ob jemand im Flur ist.«

Ich spähte vorsichtig zur Tür hinaus. »Nein, keiner da. Aber das ist doch eh egal. Du musst hier ja nicht ungesehen rausschleichen.«

Lucilla zog die Sonnenbrille ein wenig herunter und guckte mich über den Rand strafend an. »Verdirb mir nicht den Spaß!«

Ich nickte ergeben. Sie schlich aus unserem Haus.

Mittwoch, 20. August

Dreimal schon hatte ich den Telefonhörer in die Hand genommen, angefangen zu wählen und immer schnell wieder aufgelegt. Bis ich mir dachte, das ist so wie mit einem Pflaster: Man muss es mit einem Ruck abreißen, dann ist es erledigt. Inzwischen war es Viertel vor zehn, gleich würde Lucilla kommen und bis dahin musste ich es hinter mich gebracht haben, sonst würde sie mich zwingen, in ihrem Beisein mit Felix zu telefonieren. Und das könnte ein Problem darstellen, denn sie würde sich einmischen.

Also vierter Anlauf. Es klingelte, Felix meldete sich.

»O gut!«, rief ich erleichtert. Denn was hätte ich bloß tun sollen, wenn seine Mutter drangegangen wäre?

»Jojo?«, erriet er sofort.

»Wie kommst du darauf?«

»Es ist die Art, wie du dich am Telefon meldest, die dich verrät …«, meinte er fröhlich.

Ich ließ mich aber nicht aus meinem Konzept bringen. »Du wunderst dich vielleicht, wieso ich anrufe«, begann ich.

»Eigentlich nicht.«

»Ähm«, machte ich, denn das hatte ich als Antwort nicht vorgesehen.

»Ich bin nämlich nicht im Urlaub«, fuhr ich fort.

»Dachte ich mir.«

Wieder die falsche Reaktion.

»Es ist nämlich was dazwischengekommen.«

»Ach was? Das ist aber eine Überraschung!«

Sein ironischer Ton irritierte mich nun doch. »Sag mal, wenn du nur Streit suchst, dann frag ich mich echt, wieso du überhaupt angerufen hast.«

»Du hast angerufen.«

»Ach so. Ja.«

»Also, jetzt erzähl mal, worum es geht.«

»Mann! Hörst du nicht zu?! Ich hab's doch gerade gesagt: Wir sind nun doch nicht in den Urlaub gefahren. Demnach können wir uns treffen!«, fauchte ich. »Wenn du willst«, fügte ich dann noch hinzu.

Felix lachte.

»Was?«, brüllte ich ins Telefon, denn inzwischen war ich unsicher geworden und verärgert, weil Felix mir ziemlich eindeutig zu verstehen gab, dass er mir kein Wort glaubte. »Also was jetzt? Willst du oder willst du nicht?«, bellte ich ins Telefon, denn das ganze Telefonat war mir oberpeinlich und ich wollte es nur noch hinter mich bringen.

»So charmant hat mich noch nie ein Mädchen um ein Date gebeten.«

»Das ist kein Date und … ach, vergiss es doch!«, schimpfte ich und legte auf. Missmutig ging ich nach unten in die Küche. Das war ja wohl ein Reinfall!

Obwohl – nein, eigentlich nicht. Eine Lüge hatte ich aus der Welt geschafft. Na bitte, geht doch! Jetzt musste ich meiner Mutter mitteilen, dass Felix ebenfalls nicht im Urlaub ist, und wenn es mir dann auch noch gelang, ihr zu sagen, dass Felix und ich kein Paar sind, wäre ich fein raus.

Auch hier entschied ich mich für die Methode Kurz-und-schmerzlos.

Gleich beim Betreten der Küche teilte ich Oskar und meiner Mutter, die dort frühstückten, mit: »Felix ist nicht im Urlaub. Bei ihnen kam auch was dazwischen.«

»Oh, das tut mir leid«, sagte meine Mutter.

»Bei wem kam denn sonst noch was dazwischen?«, fragte Oskar.

»Bei uns.«

»Auf der anderen Seite«, überlegte meine Mutter, »ist es ja gut für dich, dann vermisst du ihn nicht.«

Ich nickte. Jetzt wäre da nur noch die Beziehung von Felix und mir rückgängig zu machen.

»Was meinst du mit: *Bei uns kam was dazwischen*?«, fragte Oskar.

»Urlaub. Wir sind doch auch nicht in den Urlaub

gefahren«, antwortete ich etwas geistesabwesend, nicht ahnend, dass ich mir hier gerade eine neue Grube graben würde.

»Aber wir hatten doch gar nicht vor, in Urlaub zu fahren.«

Hm. Ich dachte, an dieser Stelle könnte ich es jetzt mal mit ein bisschen Wahrheit versuchen, und meinte: »Ja, weiß ich. Aber ich hatte gesagt, wir würden in den Urlaub fahren. Und dann hab ich gesagt, es sei etwas dazwischengekommen.«

Nun sah meine Mutter alarmiert auf. »Ist es dir unangenehm, dass wir uns keinen richtigen Urlaub leisten können, Jojo?«

Huch? Wie kommt sie denn auf die Idee? »Nein«, sagte ich.

Doch es war schon zu spät. Dieser Gedanke hatte sich im Kopf meiner Mutter festgesetzt. Sie sah gequält zu Oskar. »Wir müssen mit den Kindern mal einen richtigen Urlaub machen.«

»Aber das tun wir doch!«, rief ich.

Wir fahren durchaus im Sommer weg. Ein Freund von Oskar hat ein kleines Häuschen an einem See, wo wir gelegentlich mal eine Woche verbringen. Und wir sind auch manchmal in die Berge gefahren, wo eine entfernte Tante von uns wohnt. Ich fand das immer richtig prima. Und das, obwohl Flippi dabei war.

»Ich mag unsere Ausflüge an den See«, sagte ich.

»Ach, *Ausflüge!*«, nickte meine Mutter. Sie war nicht zu bremsen, sie glaubte zu wissen, worum es geht. Nun wandte sie sich an Oskar. »Die Kinder erwarten eben eine Flugreise ins Ausland und Hotel und so, das ist für sie *Urlaub*. So wie es die meisten Familien ihrer Freunde tun.«

»Aber das mögen wir doch gar nicht«, meinte Oskar.

»Ja, schon, aber wenn die Kinder es wollen.«

»Die *Kinder* wollen das auch nicht«, schaltete ich mich wieder ein.

Aber meine Mutter war wie ein entgleister Zug – nichts hielt sie auf. »Natürlich wollt ihr das. Das will jeder.« Dann sah sie Oskar auffordernd an.

»Das ist aber ziemlich teuer«, gab Oskar zu bedenken.

»Dann müssen wir eben alle etwas kürzer treten und sparen.«

»Nein!«, rief ich. Sparen klang nicht gut.

Meine Mutter sah mich tröstend an. »Oskar und ich werden eine Lösung für dein Problem finden.«

Ich ließ mich fassungslos auf einen Küchenstuhl fallen und starrte vor mich hin. Das kommt davon, wenn man versucht, die Wahrheit zu sagen!

Obwohl ich heute früh eigentlich nicht so begeistert war, dass Lucilla zum Frühstück kommen und mich einem Verhör unterziehen würde, freute ich mich plötzlich riesig, als sie erschien. Ich fiel ihr um den Hals, als hätten wir uns ewig nicht mehr gesehen. Dabei flüsterte ich ihr schnell ins Ohr: »Red nicht über Urlaub, lass dich auf keine Diskussion ein.«

Lucilla schob mich leicht von sich weg und sah mich fragend an.

»Bitte!«, formte ich lautlos mit meinen Lippen.

Sie nickte.

Ohne Umschweife legte meine Mutter los: »Wohin fahrt ihr in den Urlaub, Lucilla?«

Lucilla wurde etwas nervös, wandte sich dann an Oskar und strahlte ihn an: »Gibt es heute wieder Ihre Pfannkuchen?«

»Macht ihr eine Flugreise?«, erkundigte sich meine Mutter.

Lucilla traute sich kaum, meine Mutter anzusehen, sie schielte zu mir, ich schüttelte unauffällig den Kopf.

»Ihre Pfannkuchen sind nämlich die besten in der Stadt, hatte ich das schon mal erwähnt?« Lucilla fixierte hartnäckig Oskar.

Der lächelte. »Ich mach mich dann mal an die Arbeit«, meinte er. Das schien ihm der sicherste Weg, um nicht zwischen irgendwelche sich aufbauende Fronten zu geraten. Dann fragte er meine Mutter: »Isolde, wie ist es mit dir? Möchtest du auch Pfannkuchen?«

»Ich möchte ganz gerne eine Antwort von Lucilla«, sagte sie und hielt ihren Blick auf Lucilla gerichtet.

»Ich würde lieber nicht antworten, wenn es okay ist«, bettelte Lucilla.

Meine Mutter gab nach. »Ein schwieriges Thema. Ich verstehe.«

Lucilla sah mich fragend an. Ich blickte schnell weg und sagte zu Oskar: »Ich nehme auch einen Pfannkuchen.«

Oskar seufzte ganz leise, rührte den Teig und stellte die Pfanne auf den Herd.

Dann verfielen wir alle in Schweigen.

Als Oskar den ersten Pfannkuchen fertig hatte und ihn gerade auf Lucillas Teller legen wollte, klingelte es an der Haustür. Froh über dieses Ereignis, das uns irgendwie alle aus der angespannten Situation erlöste, sprang meine Mutter auf. Kurz darauf kam sie mit Felix im Schlepptau zurück. Lucillas Augen glänzten.

»Setz dich zu uns«, sagte meine Mutter zu ihm und wies auf den Tisch.

»Gern, danke«, meinte Felix höflich und setzte sich zu Lucilla und mir.

»Was machst du denn hier?«, fragte ich leise und mit verhaltener Missbilligung.

»Du hast doch angerufen und gesagt, dass ihr nicht in den Urlaub fahrt und wir uns sehen können.«

»Ja, aber doch nicht sofort und auf der Stelle!«, sagte ich mit gesenkter Stimme.

Lucilla stieß mich kräftig in die Seite und strahlte Felix an. »Ich finde spontane Treffen sehr romantisch!«

Meine Mutter stellte einen Teller vor Felix hin und fragte ihn: »Bist du sehr enttäuscht, dass ihr nicht in den Urlaub fahrt?«

Da rief Oskar »Pfannkuchen?« dazwischen und

ließ ihn, ohne die Antwort abzuwarten, auf Felix' Teller gleiten.

»Das war meiner!«, beschwerte sich Lucilla.

»Weißt du«, wandte sich meine Mutter tröstend an Felix, »Eltern bemühen sich wirklich, ihren Kindern etwas zu bieten, aber manchmal übersteigt so ein Urlaub eben die finanziellen Möglichkeiten.«

Ich starrte meine Mutter wütend an.

Oskar stellte die Pfanne ab und meinte: »Isolde, wir sind spät dran, wir müssen gehen.« Er legte den Arm um ihre Schultern und zog sie so liebevoll wie möglich aus der Küche. Ich sah Oskar dankend an, aber in seinem Blick lag leichte Missbilligung. Was denn? Was hatte ich getan?

»Was hat das denn zu bedeuten?«, erkundigte sich Felix bei mir, als meine Mutter und Oskar gegangen waren.

»Wüsste ich auch gern«, schimpfte ich, weil mir Oskars Blick nicht gefallen hatte. »Keine Ahnung, was Oskar hat.«

»Ich meinte eher, was deine Mutter gesagt hat.«

»Was?«, tat ich ahnungslos.

»Na, das mit dem Urlaub«, mischte sich Lucilla ein. »Ich denke, du hast alles geklärt?«

»Hab ich, aber meine Mutter hat da was falsch verstanden.«

Felix sah zwischen Lucilla und mir hin und her. »Wieso hab ich das Gefühl, dass mir entscheidende Informationen fehlen, um zu kapieren, worum es hier geht?«

»Wahrscheinlich weil sie dir tatsächlich fehlen«, sagte Lucilla, während ihr Blick auf den Pfannkuchen fiel, der vor Felix stand. Dann realisierte sie, dass Oskar gegangen war und es wohl keinen weiteren Nachschub gab. Sie zog Felix' Teller zu sich, meinte: »Sorry, aber das ist mein Pfannkuchen, den hab ich bestellt«, und begann zu essen.

Felix sah mich abwartend an.

»Tut mir leid, das mit dem Pfannkuchen. Aber es ist bestimmt noch Teig da. Ich kann versuchen, dir einen zu machen«, bot ich an und stand auf.

»Das mit dem Pfannkuchen ist nicht mein Problem.«

Die Küchentür öffnete sich, meine Mutter steckte den Kopf rein und sagte: »Wir gehen jetzt.«

Gott sei Dank!, dachte ich.

Dann lächelte sie Felix an. »Komm doch heute Abend vorbei, wir grillen. Das lenkt dich bestimmt ab.«

Lucilla sah auf. »Können Valentin und ich auch kommen?«

»Aber ja. Fahrt ihr auch nicht in den Urlaub?«

»Nicht heute Abend«, sagte Lucilla vage.

»Also, bis dann!«, verabschiedete sich meine Mutter und schloss die Tür.

Ich lief hinter ihr her. Vor der Haustür erwischte ich sie. Ich hatte jetzt keine Geduld mehr, irgendetwas diplomatisch zu erklären. »Mam! Was machst du da? Wieso lädst du Felix einfach zum Grillen ein, ohne mich vorher zu fragen, ob es mir recht ist!«

»Na hör mal, ich dachte, du freust dich, wenn ich deinen Freund zum Grillen einlade.«

»Er ist nicht mein Freund, wir sind nicht zusammen!«

So, jetzt war es raus. Nun herrschte wieder Klarheit.

Meine Mutter sah mich vorwurfsvoll an. »Ach, und wieso lade ich ihn dann zum Grillen ein?!«

»Genau das frag ich dich ja.«

Oskar ging vermittelnd dazwischen. »Nun ist er eingeladen, das machen wir jetzt nicht mehr rückgängig.« Bevor meine Mutter noch etwas sagen konnte, sah er auf die Uhr und meinte: »Wir sind spät dran, lass uns gehen.«

Meine Mutter fügte sich, sagte im Davongehen allerdings zu Oskar: »Ich weiß wirklich nicht, wieso du es heute Morgen so eilig hast.«

Ich wusste es. Und war ihm dankbar.

Als ich wieder in die Küche kam, hatte Lucilla ihren Pfannkuchen aufgegessen und stand auf. »Ich lass euch beide jetzt alleine, ihr habt bestimmt eine Menge zu besprechen.« Eindringlicher Blick in meine Richtung. Dann meinte sie fröhlich: »Ich muss ein Grill-T-Shirt finden, das zu Valentins Haarfarbe passt«, und verließ unser Haus.

Kaum war sie weg, forderte Felix mich auf: »Also, dann erklär mal.«

»Oh, Lucilla hat diese Macke, dass sie zu allen Events passende T-Shirts tragen will …«

»Das meine ich nicht.«

Ich stand vor dem Tisch und senkte den Blick. »Ich weiß, dass du das nicht wissen wolltest, aber das war leichter zu erklären.«

Felix sah mich ernst an. »Jojo, du verwirrst mich wirklich. So, wie du dich verhältst, könnte man den Eindruck bekommen, du willst mich hier vorführen und treibst ein ziemlich unfaires Spiel. Aber dazu genießt du deinen Erfolg nicht genug, du wirkst eher überfordert. Und ich hab keine Ahnung, woran ich mit dir bin. Du sendest sehr unterschiedliche Botschaften. Mal denke ich, du magst mich, mal denke ich, du willst mich loswerden.«

Ich starrte Felix erschrocken an. Er lächelte nicht. Nicht mal ein winziges bisschen. Also lächelte ich. Keine Reaktion. Was sollte ich denn dazu sagen?! Ich hatte doch selbst keine Ahnung, was ich wirklich wollte.

»Also, sag jetzt, was los ist. Ansonsten stehe ich auf, gehe und lass dich in Zukunft in Ruhe«, sagte Felix.

Wow, das waren klare Worte! Ich schluckte.

Felix stand auf.

»Nein!«, hörte ich mich rufen. »Ich kann das alles erklären.«

Felix setzte sich wieder und sah mich abwartend an.

Da ich nichts sagte, meinte er: »Du musst etwas lauter reden, ich verstehe nichts.«

Ich ließ mich auf den Stuhl fallen, sah Felix an und seufzte. »Ach, das ist alles total verzwickt und kompliziert und auch peinlich.«

»Für mich peinlich?«, fragte Felix.

»Nein, für mich.«

»Hey, gut, dann will ich es unbedingt hören«, grinste Felix.

Ich grinste erleichtert zurück. Vielleicht würde ja doch alles gut. Ich wollte nicht, dass Felix ging und sich nie wieder bei mir meldete. Also die Wahrheit. Das war jetzt wirklich der einzige und letzte Weg. »Das mit dem Urlaub hat nicht gestimmt.«

»Weiß ich. Wieso hast du das denn überhaupt gesagt?«

»Weil …« Ich stand auf und lief hin und her. Dann blieb ich stehen und sagte es geradeheraus: »Weil ich irgendwie Panik hatte bei dem Gedanken, dich zu sehen.«

Felix zog die Augenbrauen in die Höhe. »Sehr schmeichelhaft. So was hört man gerne. Baut das Selbstbewusstsein auf.«

»Nein, das verstehst du falsch. Ich hatte Panik, weil ich dich sehr viel netter finde, als ich geplant hatte.«

Oh, das war die Wahrheit. Das ging ja ganz leicht. Vielleicht gar kein so schlechtes Konzept.

Felix schüttelte den Kopf. »Du bist wirklich merkwürdig. Wieso machst du dir dein Leben so kompliziert?«

»Es ist von sich aus so kompliziert!«, rief ich, während ich weiter hin und her lief. »Ich finde dich toll, aber ich will keine Beziehung, weil Beziehungen immer schiefgehen.«

»So wie du Dinge angehst, ist das kein Wunder. Du

planst ja bereits, dass es schiefgeht«, sagte Felix etwas verstimmt.

Das fand ich jetzt merkwürdig: Ich sage ihm, dass ich ihn toll finde, und er mault. Ich zog ein beleidigtes Gesicht.

Felix stand auf und lehnte sich an den Tisch. »Und wieso fragt mich deine Mutter, ob ich enttäuscht wäre, nicht in den Urlaub zu fahren?«

Hm, der ließ mich zappeln! Na gut, weiter also. »Weil ich dich in den Urlaub geschickt habe, damit sie sich nicht wundert, dass wir uns nicht sehen. Und wir konnten uns ja nicht sehen, weil ich dir gesagt hatte, wir wären im Urlaub.«

»Und wieso würde deine Mutter sich darüber wundern, wenn wir uns nicht sehen?«

»Ach, meine Mutter bildet sich ein, wir beide wären ein Paar.«

Felix grinste. »Wie kommt sie denn auf die Idee?«

Leise murmelte ich: »Sie hat das mit dem Kuss gehört und deshalb hat sie angenommen …«

»Ich finde, wir sollten deine Mutter nicht enttäuschen«, sagte Felix, stoppte mein Hin- und Herlaufen, zog mich zu sich, lächelte und sah mir in die Augen.

Jetzt wusste ich wirklich nicht mehr, wie ich reagieren sollte. Ich tat das Naheliegende: Ich küsste ihn. Und fühlte mich großartig.

Felix schob mich schließlich etwas von sich, sah mich ganz lieb an und fragte: »Wie hoch ist der Panikpegel?«

»Gleich null.«

»Keine Angst vor einer Beziehung?«

Ich schüttelte glücklich den Kopf.

Und wir küssten uns wieder.

Mittwoch, 20. August, abends

Für den Rest des Tages saß ich auf Wolke sieben und grinste nur noch selig vor mich hin. Felix und ich sind ein Paar! Ich war oberhappy, das Leben war wunderbar. Ich war einfach nur gut gelaunt, hatte das Bedürfnis, jeden zu umarmen – tat es leider auch viel zu oft. Es brachte mir drei blaue Flecken ein, weil selbst Flippi Opfer meiner Glückseligkeit wurde und entsprechend reagiert hatte.

»Wenn du mir noch einmal um den Hals fällst, sorge ich dafür, dass du von einer Schneckeninvasion heimgesucht wirst. Killerschnecken! Ich hab da eine neue, besonders aggressive Züchtung«, fauchte sie bei der letzten Umarmung und boxte mich erneut.

Seither versuchte ich, Abstand zu halten.

Mich schreckten mehr ihre Boxhiebe als die Schneckendrohung. Ich fand es einfach nur eklig, dass meine Schwester Schnecken züchtete, aber genau das war ja der Grund, dass sie es tat. Sie erfreute sich an unserem Entsetzen und hatte diebischen Spaß daran, meine Mutter und Oskar dazu zu bringen, ihre Schneckenmacke zu akzeptieren und Interesse daran zu zeigen. Meine Mutter tat das aus pädagogischen Gründen, weil sie wohl in einem ihrer Erziehungsratgeber mal gelesen hatte, man solle Kinder fördern und unterstützen, wenn sie Hobbys entwickeln. Oskar hingegen fand es einfach nur niedlich und baute gelegentlich sogar die von Flippi geforderten Behausungen für ihre Schnecken. Wobei sie da sehr konkrete Vorstellungen hatte. Es war nicht mit einem Schuhkarton getan, in den man ein paar Löcher schnitt, sondern sie verlangte Hindernisparcours, um ihre Killerschnecken zu trainieren, und Penthouses für die Luxusschnecken.

Zurzeit war sie damit beschäftigt, Oskar zu überreden, ein Schneckenfreizeitzentrum mit Poollandschaft zu bauen. Noch weigerte er sich, aber er würde seinen Widerstand bald aufgeben. Ich wusste es, alle wussten es. Nur er nicht. Noch nicht.

Meine Mutter war über meine gute Laune etwas irritiert. Ich hörte, wie sie zu Oskar sagte: »So gut gelaunt war Jojo aber schon lange nicht mehr. Meinst du, ich muss mir Gedanken um sie machen?«

Oskar antwortete: »Nein. Ich denke, es genügt, wenn du dir Gedanken um sie machst, wenn sie *schlecht* gelaunt ist.«

»Aber ist sie nicht ein bisschen *zu* glücklich?«

»Man kann gar nicht *zu* glücklich sein«, sagte Oskar, der Romantiker, liebevoll zu meiner Mutter.

»Unsinn«, erwiderte meine Mutter, die Nichtromantikerin, »wenn man sich zu sehr freut, wird man immer enttäuscht.«

Aha, daher habe ich meine Beziehungsmacke, dachte ich.

»Bin ich eine Enttäuschung für dich?«, fragte Oskar erschrocken.

Meine Mutter umarmte ihn. »Aber nein, natürlich nicht. Du bist das Beste, was mir je passiert ist.«

Ihr Blick fiel auf mich. »Außer meinen Kindern natürlich«, fügte sie noch schnell hinzu.

Ich schätze mal, so was stand im dritten Kapitel ihres Ratgebers: *Immer den Kindern das Gefühl geben, sie seien das Wichtigste im Leben der Eltern.*

War mir egal, ich war glücklich.

Fast noch glücklicher als ich war Lucilla. Sie kam eine Stunde früher zum Grillabend, um bei den Vorbereitungen zu helfen. Nachdem ich ihr Grill-T-Shirt bewundert hatte und den Aufdruck *Love is Food for the Soul* ausgiebig gelobt hatte, teilte ich ihr die frohe Botschaft mit, dass Felix und ich jetzt offiziell ein Paar sind.

Sie jubelte: »Gott sei Dank! Mann, bin ich froh. Und Valentin wird erst erleichtert sein!«

Ich stutzte. »Wieso wird Valentin erleichtert sein? Er mag Felix doch nicht besonders.«

Lucilla antwortete ein wenig zu spontan. Und zu ehrlich. »Na, er ist erleichtert, weil wir dann nicht mehr ständig zu dritt sind.«

Ich sah sie ungläubig an, da merkte sie, was sie gesagt hatte.

»Also, versteh mich nicht falsch, Jojo, aber … du hingst permanent mit uns rum und hast Vorträge gehalten, wie blöd es ist, in einer Beziehung zu sein. So was nervt schon. Es war sehr unromantisch.«

Ich starrte Lucilla sprachlos an. Das war aber jetzt wirklich hart. Ich fand, sie übertrieb es ein wenig mit der Ehrlichkeit.

Doch sie strahlte mich unbeirrt an. »Wie auch immer, jetzt ist ja alles wieder wunderbar. Du hast einen Freund, und wenn wir zu viert unterwegs sind, gehst du Valentin und mir nicht mehr auf den Wecker.«

Das war jetzt aber nicht besser. »Na, vielen Dank auch!«, schimpfte ich.

»Jetzt mach da kein Drama draus, Jojo. Oder wäre es dir lieber, wenn ich dich anschwindle?«

»Wenn es meine Gefühle schont, ja.«

»Ich denke, das ist mit ein Grund, wieso du so oft in Schwierigkeiten gerätst: dein Verhältnis zur Wahrheit«, sagte Lucilla ernst.

»Ich habe ein prima Verhältnis zur Wahrheit. Wir sind ein eingespieltes Team. Wir meiden uns.«

Lucilla nickte. »Genau. Das solltest du ändern. Sag die Wahrheit und ertrage die Wahrheit. Und dein Leben wird viel leichter.«

»Tzzz!«, machte ich bloß. Mein Leben ist ohne Anwesenheit von Wahrheit schon kompliziert, wenn ich jetzt auch noch anfangen soll, jedem zu sagen, was ich wirklich denke oder fühle, wo soll das enden? Für mich – im Zeugenschutzprogramm.

»Jetzt lass uns lieber deiner Mutter beim Tischdecken helfen. Bring du die Teller und das Besteck raus, ich schmecke die Salate ab, die Oskar gemacht hat«, sagte Lucilla, nahm sich eine Gabel und probierte den Kartoffelsalat. »Himmlisch«, schwärmte sie. Dann wandte sie sich dem Nudelsalat zu.

Ich nahm die Teller und ging nach draußen. Wenn ich Lucillas Rat folgen würde, hätte ich ihr eben gesagt, dass es total unfair ist, mich Sachen rausschleppen zu lassen, während sie bloß nascht. Das wäre die Wahrheit!

Als ich zurückkam und sie Tomatensalat aß, fauchte ich sie an: »Tolle Arbeitsteilung, du futterst dich durchs Büffet und ich kann hier den Kram durch die Gegend schleppen!«

Oskar sah mich erschrocken an. »Jojo!«, flüsterte er.

Lucilla blickte kurz auf, fragte: »Willst du tauschen?«, und hielt mir die Gabel hin.

»Nein.« Ich hatte wirklich keine Lust, alle Salate zu testen.

»Und wieso regst du dich dann auf?«

»Weil ...« Mehr fiel mir nicht ein. Ich sag's doch: Die Wahrheit und ich sind keine Freunde. In meinem Leben funktioniert sie nicht. Nichtsdestotrotz nahm ich mir vor, in Zukunft etwas auf sie zu achten. Scheint vielen Leuten wichtig zu sein. Felix verlangt ja auch immer, dass ich »die Wahrheit« sage. Aber ich denke mal, die Leute wollen bloß die Wahrheit hören, wenn sie sich davon einen Vorteil erhoffen.

Dann kam Valentin und damit erledigte sich sowieso jedes Gespräch mit Lucilla, denn da sich die beiden jetzt eine Stunde und zweiundzwanzig Minuten lang nicht gesehen hatten, musste erst mal ausgiebig das Wiedersehen gefeiert werden.

»Ich bin extra eine Viertelstunde früher gekommen. Ich wollte noch Zeit mit dir verbringen, bevor der offizielle Teil beginnt.«

»Was soll denn das? Offizieller Teil?!«, maulte ich ihn an. »Wir verleihen hier heute Abend nicht den Friedensnobelpreis. Wir grillen ein paar Würstchen!«

Valentin sah ziemlich verwirrt aus der Wäsche.

Lucilla legte beschwichtigend die Hand auf seinen Arm. »Jojo meint das nicht böse. Sie übt sich im Wahrheitsagen.«

»Jojo, ich brauch deine Hilfe. Kannst du mal mit mir kommen?«, sagte Oskar und zog mich aus der Küche in den Garten.

»Was ist denn bloß los mit dir?«, fragte er, als wir draußen waren.

»Ach«, schimpfte ich, »alle meinen immer, ich soll die Wahrheit sagen, und wenn ich es tue, ist es auch nicht rccht!«

Oskar kratzte sich nachdenklich am Kopf. »Weißt du, ganz so einfach ist es nicht. Wir sollten bei Gelegenheit mal in Ruhe darüber reden. Aber für heute Abend würde ich dir erst mal empfehlen, nur dann die Wahrheit zu sagen, wenn du dabei niemanden beleidigst.«

»Na toll, also doch nicht die Wahrheit sagen! Woher soll ich denn vorher wissen, ob ich jemanden beleidige oder nicht?«

Er sah auf die Uhr und seufzte. »Ich hoffe wirklich,

deine Mutter kommt bald nach Hause. Die Anprobe müsste längst vorbei sein.«

Wie aufs Stichwort erschien meine Mutter im Garten. Oskar war sehr erleichtert, dass sie mit ihrem Erscheinen unser Gespräch unterbrach.

»Tut mir leid, dass ich so spät komme«, sagte sie. Dann schimpfte sie: »Ich musste das Feenkostüm von Loretta schon wieder weiter machen. Sie hat sich beschwert, dass ich ihre Maße nicht richtig genommen hätte. Ich hab ihr gesagt, meine Maße hätten vor zwei Wochen noch gestimmt, sie wäre dicker geworden.«

Oskar zuckte leicht zusammen. »Du weißt, wie schnell Loretta ausflippt.«

»Allerdings. Sie ist wütend geworden und meinte, das wäre eine Unverschämtheit.«

Oskar hatte seinen vermittelnden Ton drauf, als er vorsichtig sagte: »Na ja, vielleicht …«

Meine Mutter fiel ihm ins Wort: »Ach, nix vielleicht. Während der Anprobe eben hat sie drei Donuts gefuttert. Ich bitte dich! Ist doch wohl klar, wieso ihr das Kostüm zwei Wochen nach der Premiere nicht mehr passt. Eine übergewichtige Fee – wo gibt's denn so was.«

Ich sah Oskar grinsend an und er hob abwehrend die Hand, um einen Kommentar von mir zu stoppen. Dann legte er den Arm um meine Mutter und sagte: »Lass uns jetzt einfach gute Laune haben. Vergessen wir dicke Feen und konzentrieren wir uns auf leckere Würstchen.«

Lucilla und Valentin kamen Hand in Hand in den Garten. Lucilla lobte Oskar, weil er den Tisch unter den Apfelbaum gestellt hatte. »Das ist sooo romantisch«, strahlte sie ihn an.

Oskar freute sich über das Lob, sah aber dabei meine Mutter abwartend an. »Findest du das auch?«, fragte er.

Meine Mutter verzog etwas das Gesicht. »Na ja, solange kein Getier oder keine Blätter vom Baum ins Essen fallen …«

Entweder war sie noch sauer wegen der dicken Fee oder sie hatte keinen Sinn für Romantik. Letzteres ist offensichtlich erblich, denn mir schoss auch der Gedanke durch den Kopf, dass ich ungern Käfer aus meinem Salat herausfische.

Lucilla stand nachdenklich vor dem Tisch und versuchte zu entscheiden, welche zwei der sieben Stühle wohl die romantischsten und daher für sie und Valentin die geeignetsten wären.

Es klingelte. Meine Mutter, Oskar und ich ließen das junge Glück alleine und gingen wieder rein. Es war Felix. Pünktlich auf die Minute. Er überreichte meiner Mutter einen Blumenstrauß, Oskar gab er Pralinen. Herrenpralinen, dunkle Schokolade – sah tatsächlich männlich aus. Oskar freute sich und meine Mutter fiel wegen der Blumen aus allen Wolken.

Dann küsste mich Felix.

Meine Mutter zog mich zur Seite. »Sag mal, wenn Felix *nicht* dein Freund ist, wie begrüßt du dann

Jungs, mit denen du eine Beziehung hast?!« Sie klang sehr vorwurfsvoll.

Ich beschwichtigte sie: »Felix und ich sind zusammen. Alles okay.«

»Aber du hast doch heute Morgen noch gesagt …«

Ich winkte ab. »Ich hab meine Meinung geändert.«

Erst sah sie mich genervt an, dann klärte sich ihr Gesicht und sie strahlte. »Aha! Deshalb hast du so gute Laune. Du bist verliebt!«

Peinlich, aber ich nickte. Sie drückte mich. Dann lief sie zu Felix und umarmte ihn. Er war darüber sehr verwundert und sah mich Hilfe suchend an. Ich warf ihm einen Es-tut-mir-so-leid-aber-meine-Mutter-spinnt-Blick zu.

Wir gingen raus in den Garten. Lucilla hatte ihre Entscheidung getroffen, Valentin und sie hatten Platz genommen und sie schafften es, sich auch im Sitzen noch zu umarmen. Bei Felix' Anblick strahlte Lucilla und quiekte: »Hi, Felix, toll, dass du da bist!«

Valentins Gesicht jedoch verdüsterte sich etwas.

»Ich leg dann mal die Würstchen auf den Grill«, verkündete Oskar.

Felix bot an, Oskar zu helfen. Valentin löste sich aus der Umarmung mit Lucilla, sprang auf und rief: »Das mach ich schon, lass mal. Ich kenne mich hier aus.«

Oskar, meine Mutter und ich versuchten, unsere Verwunderung zu überspielen. Valentin hatte wohl das Gefühl, er habe hier in unserem Haushalt ältere

Rechte als Felix. Na toll, das konnte ja heiter werden!

Aber Felix hatte Feingefühl genug, dass er sofort meinte: »Alles klar, kein Thema«, und sich wieder setzte.

Ich drückte ihm dankbar die Hand.

»Wo ist eigentlich Flippi?«, fragte meine Mutter und deutete auf den leeren Platz am Tisch.

Ich hatte keine Ahnung. Es war mir nicht aufgefallen, dass sie nicht da war. Dabei hätte es mir auffallen müssen, denn familiär gesehen war es friedlich. Und das ist es nur, wenn Flippi nicht da ist.

Oskar stellte die Würstchen auf den Tisch und sagte: »Ich geh mal und seh in ihrem Zimmer nach.«

Bevor er das jedoch in die Tat umsetzen konnte, senkte sich von oben aus dem Nichts eine Angelschnur mit Haken dran auf die Würstchen und wir wurden Zeuge eines vergeblichen Versuchs, ein Würstchen zu angeln. Wir guckten an der Schnur entlang in den Apfelbaum hoch und dann folgten unsere Blicke weiter der Angel, an deren Ende … na klar, Flippi saß und sich voll und ganz auf ihren Würstchenangelversuch konzentrierte.

»Filipine!«, schimpfte meine Mutter. »Was soll das?!«

»Nicht so laut, du verscheuchst mir die Würstchen!«, rief sie, ohne dabei meine Mutter anzusehen.

Felix und Valentin lachten. Oskar verkniff sich das Lachen, weil meine Mutter so böse guckte. Ich stöhnte nur und verdrehte die Augen. Lucilla nahm ein Würstchen und hängte es an den Haken. Flippi zog es hoch.

»Danke, du hast was gut bei mir«, rief sie Lucilla zu.

»Flippi, komm da runter, setz dich zu uns an den Tisch und iss wie ein normaler Mensch!«

Flippi hatte das Würstchen zu sich in die Höhe gezogen, es vom Haken genommen und biss rein. »Wiefo?«, fragte sie kauend.

»Sprich nicht mit vollem Mund«, rügte meine Mutter zunächst und beantwortete dann erst die Frage: »Weil ... weil man beim Grillen nicht im Baum sitzt und nach Würstchen angelt.«

»Macht aber Spaß, solltet ihr auch mal probieren.«

Meine Mutter war echt ärgerlich. »Es geht hier nicht darum, dass wir Spaß haben, es ...« Sie stoppte mitten im Satz, weil wir sie alle erstaunt ansahen. »Was?«, rief meine Mutter, während sie uns alle der Reihe nach musterte. »Soll das heißen, ihr möchtet auch alle lieber im Baum sitzen und nach eurem Essen angeln?«

»Aber nicht in meinem Baum, sucht euch einen anderen!«, widersprach Flippi sofort.

»Das hier ist aber der einzige Baum, unter dem Essen steht«, sagte Lucilla.

»Ist nicht mein Problem, das hättest du dir früher überlegen müssen.«

»Aber ich wusste doch gar nicht, dass wir das tun sollen«, rief Lucilla und sah meine Mutter etwas vorwurfsvoll an.

»Ich wusste es auch nicht«, verteidigte sich meine Mutter.

»Lucilla«, mischte ich mich in die absurde Diskussion ein, »möchtest du wirklich auf einen Baum klettern und nach deinem Essen angeln?«

»Eigentlich nicht.«

»Also, für Lucilla würde ich eine Ausnahme machen. Sie kann zu mir kommen«, brachte Flippi nun den Verlauf des Gesprächs wieder durcheinander.

Lucilla war hin und her gerissen. Dass Flippi ihr diese Ehre zukommen lassen würde, schmeichelte ihr.

Flippi hatte ihre Angel wieder ausgeworfen und ließ sie nun über dem Brot schweben.

»Lucilla«, mahnte ich, »jetzt mal im Ernst!«

Lucilla seufzte leicht und hängte ein Brot an Flippis Angel.

Ich grinste, als ich sagte: »Du hast schließlich ein Grill- und kein Angel-T-Shirt an.«

Das schien Lucilla zum Nachdenken anzuregen.

Flippi sah ihre Felle davonschwimmen und bot an: »Ihr könnt ja auch von unten angeln. Neben dem Gartenhäuschen liegen noch Stöcke und eine Rolle mit Nylonschnur. Ein Kästchen mit Haken findet ihr drinnen gleich neben der Tür.«

Meine Mutter wagte einen neuen Versuch, ein Machtwort zu sprechen. »Nichts da, es wird nicht geangelt, wir essen hier ganz normal wie andere Leute auch! Und du kommst jetzt sofort von dem Baum runter, Flippi!«

Oskar wusste, dass meine Mutter den Kampf mit Flippi nicht gewinnen würde. Er legte meiner Mutter beruhigend die Hand auf die Schulter und meinte: »Ach, lass sie doch. Wir füttern sie per Angel. Wenn es ihr Spaß macht …«

Meine Mutter murrte. Auch ihr war klar, dass sie gegen Flippi kaum eine Chance haben würde.

Felix beugte sich zu mir, grinste und flüsterte: »So ein Grillabend mit deiner Familie ist sehr aufschlussreich.«

»Inwiefern?«, flüsterte ich zurück. »Für ein Studium der Sitten und Gebräuche der Neandertaler?«

»Vielleicht auch das, aber ich dachte eher daran, dass es einige deiner merkwürdigen Verhaltensweisen erklärt.«

»Ist das was Gutes?«

»O ja, ich werde sehr viel Geduld und Verständnis für dich aufbringen.«

»Klingt nach einem Freibrief für dämliches Benehmen.«

»Ja, aber übertreib es nicht. Du wirst nicht immer die Schuld auf deine Familie schieben können.«

»Doch, glaub mir, ich bin bloß der Spielball auf den Wellen des Chaos. Ich bin nicht verantwortlich für mein Verhalten.«

Felix lachte laut und alle sahen ihn an. Um abzulenken, nahm er ein Würstchen, biss rein und meinte lobend zu Oskar. »Schmeckt wirklich prima.«

»Ich hab das gegrillt«, warf Valentin ein. »Das war eigentlich für Lucilla.«

Felix sah erst ihn etwas irritiert an, dann das angebissene Würstchen.

Ich nahm es ihm aus der Hand und fragte Valentin: »Ist es in Ordnung, wenn ich es esse?«

Valentin nickte. Ich spießte ein anderes Würstchen auf die Gabel und hielt es fragend Valentin hin. »Was ist mit dem hier?«

»Das ist von Oskar.« Damit war es für Felix freigegeben.

Ich reichte es Felix und flüsterte ihm tröstend zu: »Es ist nicht leicht, in meiner Welt zu überleben.«

Donnerstag, 21. August, morgens

Gerade fand sich Lucilla wieder zum Pfannkuchenessen ein. Allerdings bevor Oskar überhaupt in der Küche war. Lucilla wirkte enttäuscht. Daher bot meine Mutter an, für sie welche zu brutzeln. Meine Freundin machte ein erschrockenes Gesicht, denn meine Mutter ist berühmt für ihre geschmacklichen Küchenunfälle. Man kann niemandem, den man gut leiden kann, das Essen meiner Mutter zumuten.

»Ach, mach dir keine Mühe«, sagte ich daher zu meiner Mutter, um sie vom Kochen abzuhalten.

Lucilla wollte mich unterstützen und rief: »Ich bin von gestern Abend noch satt. Danke noch mal für die Einladung!«

Gestern Abend. Das war ein Stichwort für meine Mutter.

Sie hatte nämlich gestern das leidige Urlaubsthema wieder ins Spiel gebracht. Valentin hatte erzählt, dass er mit seiner Familie demnächst für zwei Wochen nach Spanien fliegt und sich darauf freut. Was ihm einen vorwurfsvollen Seitenblick von Lucilla einbrachte. Natürlich beeilte er sich, daraufhin schnell zu versichern, dass er sich nur auf den Urlaub freut, aber es sehr hart findet, von Lucilla für vierzehn Tage getrennt zu sein. Lucilla war zufrieden. Dann stellten die beiden jammernd fest, dass Lucilla mit ihren Eltern eine Woche nach Valentin in den Urlaub fährt und dass sie somit für insgesamt drei Wochen ohne einander auskommen müssen. Das gab dem Abend einen ziemlichen Dämpfer.

»Da siehst du mal, wie viel Kummer einem Urlaub bereiten kann!«, flüsterte ich meiner Mutter zu. »Ich bin froh, dass wir hierbleiben.«

Meine Mutter sah mich liebevoll an, streichelte mir die Hand und meinte leise: »Tapferes Kind.«

Ich stöhnte und verdrehte die Augen. Sie hatte sich an diesem Thema festgebissen und würde so schnell nicht Ruhe geben.

»Was wirst du denn tun, wenn ich weg bin?«, erkundigte sich Valentin bei Lucilla.

»Ich kümmere mich um sie«, rief ich sofort und hoffte, das Thema damit zu beenden.

Felix nickte und sagte: »Sie kann mit uns rumhängen.«

Lucillas Augen glänzten bei dieser Aussicht. Denn Felix gehört zur sogenannten feinen Gesellschaft. Er geht auf eine Privatschule und verbringt seine Freizeit mit Segeln oder im Concordia-Golfclub, wo er mit seinen Freunden am Pool oder auf der Terrasse rumhängt und gelegentlich an Turnieren teilnimmt. »Er lebt in der Welt der Reichen und Schönen«, haucht Lucilla immer schwärmerisch, »genau wie es in den Zeitschriften beschrieben ist. Und wir gehören jetzt auch dazu!« Dieser Meinung bin ich zwar nicht, wir kennen lediglich jemanden, der dazugehört, aber für Lucilla war das so etwas wie die Erfüllung all ihrer Träume. Das tröstete sie sogar erstaunlich gut über die bevorstehende Trennung von Valentin hinweg.

Da Valentin das sehr wohl erkannt hatte, richtete sich sein Unmut voll gegen Felix. Der wiederum versuchte, so gut wie keine Angriffsfläche zu bieten, um Valentin nicht noch ärgerlicher zu machen. Das ist auch eine der Eigenschaften, die ich an Felix so sehr bewunderte. Irgendwie hat er ein gutes Gespür für Leute und deren Gefühle und bemüht sich, Verständnis für sie aufzubringen, selbst wenn jemand sich echt dämlich verhält. Wahrscheinlich profitiere ich davon am meisten.

Meine Mutter jedenfalls kam nun beim Frühstück auf ihr Thema vom gestrigen Abend zurück. Sie wandte sich an Lucilla. »Wäre es schlimm für dich, wenn ihr nicht in Urlaub fahren würdet?«

»Ich weiß nicht. Ich hab nie darüber nachgedacht. Wir fahren immer in den Ferien in Urlaub. Ohne Urlaub sind es doch irgendwie keine Ferien, oder?«

Ich stöhnte. Na toll, das war für meine Mutter Wasser auf die Mühle.

»Es war nett von Felix, dir Blumen mitzubringen«, versuchte ich das Thema zu wechseln.

»Ja«, nickte meine Mutter. »Aber Felix soll doch nicht sein Taschengeld für Geschenke für Oskar und mich ausgeben.«

Lucilla beruhigte sie: »Keine Sorge, Felix' Eltern sind suuuperreich, die haben Kohle bis zum Abwinken.«

Das beruhigte meine Mutter aber nicht. Im Gegenteil. Sie machte ein sehr misstrauisches, fast schon missbilligendes Gesicht.

Na prima, da tat sich die nächste Baustelle auf!

Als Oskar zur Tür reinkam, schleuderte sie ihm vorwurfsvoll entgegen: »Felix ist reich!«

Oskar wusste nicht so genau, was er mit dieser Information anfangen sollte. Vorsichtig sagte er: »Das ist bestimmt nicht seine Schuld, er hat wahrscheinlich reiche Eltern.«

»Aber er setzt Jojo Flausen in den Kopf. Bisher war es noch nie ein Problem für sie, nicht in Urlaub zu fahren. Aber kaum ist sie mit diesem Felix zusammen ...« Meine Mutter beendete ihren Satz nicht, sondern seufzte vielsagend. »Jojo, wir können da nicht mithalten. Es tut mir leid.«

Oskar sah mich erstaunt an.

Lucilla sah mich erstaunt an.

Ich sah alle im Raum Anwesenden erstaunt an. Und wandte mich an Oskar. »*Ich* hab kein Problem damit. *Deine Frau* hat ein Problem damit.« Ich dachte, wenn ich meine Mutter als *Oskars Frau* bezeichne, schiebe ich die Verantwortung auf Oskar ab. Schließlich hatten sie ja gelobt, alles zu teilen. Besonders Probleme.

Oskar machte ein etwas bedrücktes Gesicht.

»Jojo passt doch gar nicht in so eine Schickimickiwelt. Dafür haben wir nicht genug Geld«, legte meine Mutter noch mal nach.

Oskar versank noch tiefer in seine Gedanken.

Lucilla schien ebenfalls nachzudenken. Das Ergebnis ihrer Überlegungen hörten wir dann auch gleich: »Auf alle Fälle müssen wir an Jojos Kleidung etwas ändern. Ich denke, wir werden umsteigen müssen auf Markenklamotten.«

»Das können wir uns gar nicht leisten!«, jammerte meine Mutter. Dann schlug sie vor: »Ich könnte dir Markenklam… Markenkleidung nähen. Schließlich bin ich Kostümbildnerin.«

Lucilla, die Expertin, schüttelte tadelnd den Kopf. »Man kann keine Markenkleidung selbst nähen. Dann ist es keine Markenkleidung mehr.«

Ich stand auf. Das war ja jetzt schon jenseits von absurd, was sich hier wieder abspielte! »Stopp!«, rief ich. »Ich will keine Markenklamotten. Und ich will auch nicht in Urlaub fahren! Ich fühle mich ausgesprochen wohl, so wie es ist!« Wenn ich den letzten

Satz nicht so wütend hinausgeschrien hätte, wäre es sicher glaubwürdiger gewesen. Egal.

Ärgerlich stapfte ich zur Küchentür und damit hoffentlich in die Richtung, in der noch geistige Gesundheit herrschte. Nämlich weg von dieser Familie.

Lucilla sprang ebenfalls auf, wandte sich an meine Mutter, meinte: »Ich kläre das, keine Sorge«, und lief hinter mir her. Sie schloss die Tür hinter uns, zog mich näher zu sich und sagte leise: »Hör mal, deine Mam gibt sich wirklich viel Mühe und macht sich Gedanken um dich.«

»Sie macht sich aber die falschen Gedanken!«

Lucilla horchte auf. »Was für Gedanken sollte sie sich denn machen? Ich könnte mit ihr reden ...«

»Sie soll sich gar keine Gedanken machen. Es geht mir gut, es ist alles in Ordnung.« Langsam wurde es mir zu viel.

»Oh, gut«, rief Lucilla erleichtert. »Sag mal, wäre es dann okay, wenn ich noch hierbleibe, bis Oskar mir meine Pfannkuchen gebrutzelt hat? Ich treffe mich erst in einer Stunde mit Valentin.«

Ich überlegte. Meine Mutter und Lucilla ohne meine Aufsicht in einem Raum – das war keine gute Kombination. Weiß der Kuckuck, was die beiden aushecken würden! Aber ich wollte auch nicht wieder zurück in die Küche. Ich seufzte kurz. »Okay, lass dir Pfannkuchen machen, aber du redest nicht über mich! Versprochen?!«

»Klar. Was ist mit dir? Willst du nicht frühstücken?«

»Nein, nicht jetzt. Ich warte, bis Oskar und meine Mutter gegangen sind. Sobald die Küche frei ist, esse ich in Ruhe.«

»In Ruhe? Ist Flippi denn nicht da?«

»O Mann, stimmt! Hör zu, Lucilla, bevor du gehst, pack ein paar Reste vom Frühstück ein und bring sie mir hoch in mein Zimmer.«

»Soll ich danach fragen oder das Zeug heimlich einstecken?«

»Sag einfach, du brauchst noch Wegzehrung.«

»Wird deine Mutter das nicht sehr merkwürdig finden?«

»Doch. Aber wenn du schnell genug verschwindest, wird sie nicht mir dir einen Tee trinken und darüber reden wollen.«

Lucilla nickte nachdenklich.

Die Teetrinkerei war eine Spezialität meiner Mutter. Immer wenn sich irgendwo Stress oder ihrer Meinung nach Probleme ankündigten, kochte sie Tee und zwang arglose Leute, sich zu ihr zu setzen und über das »Problem« zu reden. Einmal hatte sie sogar unseren Briefträger genötigt, mit ihr Tee zu trinken. Es war seine eigene Schuld. Als er meiner Mutter ein Einschreiben reichte, das sie unterschreiben musste, hatte er laut geseufzt. Und auf ihre Nachfrage hin meinte er bloß: »Ach, es ist nichts.« Damit kann man meine Mutter nicht abspeisen. Da er nicht reinkommen wollte, brachte ihm meine Mutter eine Tasse Tee an die Tür und führte dort ihr Man-kann-doch-über-alles-reden-Gespräch mit ihm. Oskar hat ihn dann erlöst und seither haben wir ihn nie wiedergesehen. Er hat sich wohl einen anderen Bezirk zuteilen lassen. Unser neuer Briefträger ist eine Frau, resolut und zwei Köpfe größer als meine Mutter. Sie wirkt eher einschüchternd und sieht nicht aus, als hätte sie Probleme. Eher, dass sie anderen Leuten Probleme macht. Meine Mutter hat sie bisher noch kein einziges Mal mit einer Tasse Tee behelligt.

»Was ist mit Felix? Wann wirst du ihn sehen?«, fragte Lucilla.

»Wir sind heute Nachmittag verabredet.«

»Wann?«

»Keine Ahnung.«

»Na, du bist ja gut, habt ihr keine Uhrzeit abgemacht?«

»Natürlich haben wir das. Aber ich merke mir das nie, denn Felix ruft mich sowieso immer, eine halbe Stunde bevor wir uns treffen, an und erinnert mich an die Verabredung.«

»Er ist wirklich super organisiert«, schwärmte Lucilla.

Misstrauisch fragte ich: »Wieso findest du das so toll? Valentin und du, ihr seid doch auch organisiert.«

»Ich finde das ja auch nicht für *mich* toll, sondern für dich. Vielleicht schaffst du es ja durch Felix mal, etwas von dem Chaos abzulegen, das dich immer umgibt.«

Jetzt war ich etwas gekränkt. »Weißt du, ich habe schon ein paarmal den Gedanken gehabt, dass das

Chaos, das mich umgibt, meine eigene Familie ist.« In Gedanken fügte ich hinzu, dass eventuell auch Lucilla mein Leben nicht gerade einfacher macht.

Lucilla ging zurück in die Küche, ich in mein Zimmer. Aaah, die Ruhe und Einsamkeit eines eigenen Zimmers!

Da wurde meine Tür aufgerissen, Flippi stand mit einem Buch in der Hand da. »Hey, wieso bist du nicht beim Frühstück? Was machst du hier?«, fragte sie vorwurfsvoll.

»Bitte? Die Frage lautet doch wohl eher: Was machst *du* hier?!«

»Oh, ich wollte mein Buch zu Ende lesen«, meinte sie und hielt ihr Buch in die Höhe. *Das Einmaleins der sanften Erziehung* lautete der Titel. Es war nicht ihres, sondern eins unserer Mutter, das Flippi sich wohl heimlich »ausgeliehen« hatte. Flippi wollte stets auf dem Laufenden sein, um etwaige neue Erziehungstricks unserer Mutter sofort im Keim zu ersticken.

»In meinem Zimmer?«, fragte ich ungläubig.

»Ja. Du solltest mal die Unordnung bei mir drüben sehen! Da ist kein Fleckchen mehr frei, wo ich mich aufhalten könnte.«

»Ist das etwa meine Schuld?«, fauchte ich.

»Lass mich einen Moment darüber nachdenken, ich komme bestimmt auf eine einleuchtende Erklärung.«

Ja, da war ich sicher.

»Kannst du gerne machen, aber denk bitte in deinem Zimmer nach!«

»Geht nicht, meine Schnecken haben gerade ihre Freistunde.«

»Und was, bitte, soll das heißen?«

»Sie dürfen frei in meinem Zimmer herumkriechen.«

»Ach, und das beinhaltet auch dein Hosenbein?«

Flippi sah an ihrer Jeans runter, entdeckte die Schnecke, auf die ich gedeutet hatte, und pflückte sie ab. »Das ist Gertrud. Sie leidet unter Trennungsängsten. Wir werden daran arbeiten müssen.«

»Flippi, lass mich mit deiner Schneckenpsychologie in Frieden. Du kannst mir doch nicht erzählen, dass dich je ein Mensch ernst genommen hat, wenn du solchen Blödsinn redest. Du glaubst doch selbst nicht daran, das erzählst du doch bloß, um andere aufzuregen, ich …«

Flippi unterbrach mich: »Hör mal, quatsch mich jetzt nicht voll. Ich bin hergekommen, um meine Ruhe zu haben.«

»Raus! Die Ruhe in meinem Zimmer gehört mir!«

Flippi schüttelte den Kopf. »Du bist ja schon frühmorgens völlig mit den Nerven fertig.«

»Wärst du auch, wenn du mit Lucilla und unserer Mutter die letzte halbe Stunde in der Küche verbracht hättest.«

Flippi horchte auf. »Lucilla ist unten?«

»Ja. Sie wartet darauf, dass Oskar ihr Pfannkuchen macht.«

»O gut, Lucilla ist sehr unterhaltsam. Außerdem hab ich eine neue Geschäftsidee, Schnecken-T-Shirts.

Vielleicht kann ich ihr ja eins aufschwätzen. Pass auf Gertrud auf!« Sie setzte mir die Schnecke aufs Knie und ging.

»Flippiii!«

»Was? Brüll nicht so. Ich hab dir doch gesagt, Gertrud hat gerade eine schwierige Phase.«

»Dann nimm sie mit, sonst mache ich ihrer schwierigen Phase ein Ende!«

Flippi sah mich böse an, als sie die Schnecke wieder von meinem Knie entfernte. »Du kannst bloß hoffen, dass du in der nächsten Zeit nicht meine Hilfe brauchst!«

»Tzzz!«, machte ich bloß. Flippis Hilfe würde ich eh nicht an Anspruch nehmen, sie ist immer sehr kostspielig und besteht zu neunzig Prozent aus illegalen Aktionen.

Flippi blickte sich in meinem Zimmer um. »Übrigens, du könntest auch mal wieder aufräumen, es wird immer schwerer für mich, bei dir noch eine gemütliche Ecke zum Lesen zu finden.«

Bevor ich antworten konnte, war sie verschwunden. Und das war gut so.

Donnerstag, 21. August, abends

Der Tag war grandios. Das lag unter anderem daran, dass ich ihn nicht zu Hause verbracht habe.

Als Lucilla nach ihrem Frühstück mit leeren Händen bei mir erschien, jammerte ich: »Ich hab Hunger, wieso hast du mir nichts organisiert?«

Lucilla winkte ab. »Hab ich doch.« Sie öffnete ihre Handtasche und zog einen Pfannkuchen hervor.

Ungläubig riss ich die Augen auf.

»Ich konnte echt nicht fragen, ob ich was mitnehmen kann, das war mir zu peinlich. Ich hab ihn heimlich in meiner Handtasche verschwinden lassen«, erklärte Lucilla.

Ich nahm ihn mit spitzen Fingern entgegen und sah in ihre Handtasche.

»Keine Sorge, ist alles aus Plastik, kann ich abwaschen«, meinte sie.

»Ich hatte nur sehen wollen, ob du vielleicht auch noch Müsli da drin hast.«

»Wolltest du lieber Müsli?«

Ich musste lachen. »Nein.« Ich umarmte sie. »Lucilla, du bist echt eine tolle Freundin!«

»Ich muss jetzt los, Valentin wartet bestimmt schon auf mich«, antwortete die tolle Freundin, winkte und ging zu ihrem Date.

Es hat mich zunächst etwas Überwindung gekostet, aber schließlich war der Hunger größer und ich aß genussvoll den Handtaschenpfannkuchen.

Dann rief Felix an. »Was hältst du von einem Härtetest?«, begrüßte er mich.

»O Gott, Härtetest klingt nicht gut. Mein ganzes Leben ist ein Härtetest. Woran hast du gedacht?«

»Ich dachte, wir verbringen mal einen ganzen Tag zusammen. Wenn du danach deine Meinung in puncto Beziehung nicht änderst, sind wir im grünen Bereich.«

Ich musste lachen, Felix war echt süß. »Ja, einverstanden. Und das Gleiche gilt dann auch für dich.«

»Nein, ich hatte meinen Härtetest gestern Abend schon und wie du hörst, rufe ich heute Morgen an. Also, ich habe bestanden.«

»Du bist ein Held!«, sagte ich mit voller Überzeugung, denn wer vor meiner Familie nicht Reißaus nimmt, muss mich wirklich sehr mögen. Dann wollte ich wissen: »Was beinhaltet der Härtetest denn?«

»Frühstück im *Café Kränzchen*, dann Shopping im Einkaufszentrum, nachmittags Kino und anschließend Pizza.«

»Das bestehe ich locker, alles Disziplinen, in denen ich wirklich gut bin.«

»Perfekt. Soll ich dich abholen?

»Bloß nicht. Sonst endet es schon hier bei uns an der Haustür. Meine komplette Familie ist noch anwesend. Ich schleich mich raus und lass einen Zettel für sie da. Das ist am sichersten.«

»Wie du meinst. Also dann sehen wir uns gleich im Café.«

»Gut, bin in zehn Minuten da!«

Felix lachte laut. »Nein, in fünfundzwanzig. Bis du tatsächlich das Haus verlässt, vergehen unter Garantie zehn Minuten. Und es dauert etwa fünfzehn Minuten, bis du dort bist.«

Das mit den fünfzehn Minuten Fußweg konnte echt sein. Ich unterschätze sehr leicht Entfernungen, ist sicher ein Grund, weshalb ich so oft zu spät bin.

»Wieso brauche ich zehn Minuten, bis ich das Haus verlasse?«

»Welche Schuhe wolltest du anziehen?«

»Bitte? Was ist denn das für eine merkwürdige Frage?«

»Nein, im Ernst. Sag doch mal.«

»Ähm, meine Ballerinas. Das sind zurzeit meine Lieblingsschuhe.«

»Genau. Siehst du sie irgendwo?«

Also, Felix war wohl doch etwas gewöhnungsbedürftig, was sollte das denn jetzt? Ich sah mich in meinem Zimmer um, wühlte mich durch meine Unordnung und fand schließlich einen Schuh.

»Hab einen. Sein Bruder kann nicht weit sein.«

»Na ja, wie man's nimmt. Der andere ist noch auf eurem Baum im Garten.«

Verflixt, Felix hatte recht. Ich hatte ihn gestern nach Flippi geworfen, als sie nicht aufhören wollte, mit ihrer Angel auf meinem Teller nach den Tomaten in meinem Salat zu angeln. Mein Schuh blieb im Baum hängen und meine Würde erlaubte es nicht, ihn dort wieder runterzuholen, solange Flippi noch in der Nähe war. Und dann hatte ich es schließlich ganz vergessen.

»Hey, du bist gut!«, rief ich begeistert. »Dann hab ich jetzt Zeit gespart. Das wäre mir tatsächlich nicht so schnell eingefallen. Bin also in fünfzehn Minuten da.«

»Halt, nicht so schnell. Ich schätze mal, du wirst Oskar bitten, dir zu helfen, deinen Schuh vom Baum zu angeln. Und dabei wirst du deiner Mutter begegnen und sie wird dir bestimmt einen Vortrag halten, dass man seine Schwester nicht mit Schuhen bewirft. Das wollte sie nämlich schon gestern Abend, aber Oskar hat sie sehr geschickt daran gehindert.«

Ich war beeindruckt. Felix hatte nicht nur ein gutes Gedächtnis, sondern auch den weiteren Verlauf der Schuhzurückholaktion absolut richtig eingeschätzt.

»Mann, du bist gut!« Ich seufzte. »Ich sehe dich dann in einer halben Stunde!«

»Ja, das kommt hin.«

»Hey, Felix …«

»Ja?«, fragte er und klang etwas unsicher, was jetzt wohl kommen würde.

»Ich freu mich auf dich!«, rief ich.

Er reagierte nicht sofort.

Hach! Er war sprachlos. Das hatte er nicht kommen sehen!

»Hey, cool«, sagte er, als er sich von seiner Verblüffung erholt hatte. »Ich freu mich auch total auf dich.«

»Ach, noch was, sag mal, das Shopping auf deiner Liste verunsichert mich etwas. Jungs gehen nicht freiwillig einkaufen. Ist das eine Falle?«

Felix lachte. »Nein, ich brauche eine neue Segeljacke. Und du darfst die Farbe auswählen.«

»Pink!«

»Oje, wir werden reden müssen.«

»Ja, aber nicht jetzt, sonst komme ich zu spät!«, beendete ich unser Telefonat und machte mich mit einem Schuh auf den Weg zu Oskar.

Es war wirklich ein perfekter Tag. Also, ziemlich perfekt, wenn man davon absieht, dass wir die Segeljacke, die Felix sich kaufen musste, nicht kaufen konnten, weil ich, gerade als wir in den Laden gehen wollten, dort drin meine Französischlehrerin entdeckte, die ich zu einer Gnadenvier in meinem Zeugnis überredet hatte. Die hatte sie mir unter der Bedingung gegeben, dass ich während der Ferien Französisch büffle, und ich hatte dummerweise gesagt, das wäre schon alles organisiert, meine Mutter hätte mich in einem Sprachcamp in Frankreich angemeldet. Ich hatte keine Ahnung mehr, ob wir über Termine gesprochen hatten, also ob ich jetzt eigentlich in diesem Camp sein sollte. Deshalb hielt ich es für sicherer, wenn sie mich jetzt nicht beim Einkaufen erwischte.

Wir trieben uns also elend lange vor dem Laden herum, während meine Lehrerin mit der Verkäuferin quatschte. Entweder war es eine Freundin und sie tauschten Kochrezepte aus oder es war eine ehemalige Schülerin und sie fragte sie Französischvokabeln ab. Jedenfalls sagte Felix schließlich, dass wir das mit der Segeljacke für heute lassen, sonst würden wir zu spät ins Kino kommen. Er hat es echt drauf mit der Pünktlichkeit!

Auch im Kino hielt sich das Chaos in Grenzen. Über das verschüttete Popcorn sah Felix großzügig hinweg. Er hat echt gute Nerven, denn für morgen hat er mich in den Concordia-Club eingeladen und ich darf auch Lucilla und Valentin mitbringen.

Der Concordia-Club ist ein Privatclub für reiche Leute, die Golf und Tennis spielen und dabei gerne unter sich sind. Er verfügt über ein eigenes Restaurant, einen Pool und eine Terrasse, auf der man sitzt, um zu sehen und um gesehen zu werden. Wenn man da Mitglied werden will muss man ein kompliziertes Aufnahmeverfahren durchlaufen. In erster Linie wird überprüft, ob man genügend Mitglieder kennt und von denen für würdig befunden wird, auf ihrer Terrasse zu sitzen. Erstaunlicherweise sind dort auch jede Menge Teenager. Aber das liegt daran, dass auch reiche Leute Kinder haben, die sie eben mit in den Club nehmen, beziehungsweise dass die sich dort treffen, wenn sie das Mitnehmalter überschritten haben. So wie wir uns eben vor Pizzerias, Eisdielen oder Kinos treffen. Lucilla wird ausflippen, wenn sie hört, dass Felix uns mit in den Club nimmt. Neben stets die dem Anlass gemäße, perfekte Kleidung zu tragen, ist ein Besuch im Concordia-Club ein Lebensziel von Lucilla.

Extrem gut gelaunt kam ich von meinem Treffen mit Felix gegen Abend wieder nach Hause. Dort erfolgte der Dämpfer.

Ich war in meinem Zimmer und hatte tatsächlich das Bedürfnis aufzuräumen. Na gut, es war weniger ein Bedürfnis als die Notwendigkeit, mein Bett zu finden. Außerdem dachte ich, wenn Felix morgen vorbeikommt, sollte ich hier Bewegungsfreiheit für zwei Leute schaffen. Vielleicht sollte ich das Fahrrad aus meinem Zimmer räumen. Es gibt natürlich einen Grund, weshalb es in meinem Zimmer steht. Der Grund ist Flippi. Denn die benutzte es immer. Aber seit ich es in meinem Zimmer aufbewahre, lässt sie die Finger davon, denn sie ist zu faul, das Rad die Treppe runterzutragen. Das Gleiche gilt für meinen Schlitten. Wobei man sagen muss, der Schlitten in meinem Zimmer ist ganz praktisch, er gibt eine prima Sitzgelegenheit ab.

Meine Tür ging auf und Flippi stand vor mir. »Du bringst Unruhe in unser friedliches Familienleben!«, sagte sie ohne ein »Hallo« oder »Wie geht's«.

»Friedlich? Hier ist nie etwas friedlich«, antwortete ich, ohne aufzusehen oder mich beim Aufräumen stören zu lassen.

»Mami ist voll durch den Wind. Du solltest deine Freunde etwas sorgfältiger auswählen.«

»Was ist denn jetzt schon wieder los?« Ich hatte einen Kochlöffel in der Hand und überlegte angestrengt, was der in meinem Zimmer zu suchen hatte. Hatten wir den vor meiner Mutter hier versteckt oder war er Teil eines Schulprojektes?

»Es war nicht sehr schlau von dir, Lucilla mit unserer Mutter alleine zu lassen.«

»Wieso?« Ich hatte entschieden, den Kochlöffel wieder in die Freiheit unserer Küchenschublade zu entlassen.

»Lucilla plaudert gerne. Und Mami fragt gerne aus.«

Alarmiert sah ich auf. Ich war mir zwar keiner Schuld bewusst, aber ich war mit schlechtem Gewissen auf die Welt gekommen und hatte permanent Angst vor irgendeiner Entdeckung. »Worüber haben sie geredet?«, fragte ich panisch.

»Das willst du wissen?«

»Ja. Sonst würde ich ja wohl kaum fragen.«

»Wie dringend willst du es wissen?« Flippi grinste.

Ich verstand. »Wie viel?«, fragte ich genervt.

»Ein Euro.«

»Einen Euro, damit du mir erzählst, worüber Lucilla und Mam geredet haben?«

»Ja.«

»Da kann ich doch auch einen der beiden fragen.«

»Wenn du meinst, von ihnen bekommst du exakte Informationen, nur zu. Du weißt, wo ich wohne. Wenn du Infos mit Hintergründen und eine Problemanalyse willst, melde dich bei mir.« Sie drehte sich um und ging.

Flippi war wirklich dreist. Seit wann bezahle ich denn für die Nacherzählung eines Gesprächs? Das kann ich kostenlos haben.

Ich rief Lucilla an. Sie war nicht da.

Na gut, dann würde ich halt mit meiner Mutter reden.

Ich war schon auf dem Weg nach unten, als mich erste Zweifel überkamen. Es war ein Risiko. Meine Mutter könnte ein Problem wittern und mich zum

Teetrinken nötigen. Aber es würde mir einen Euro sparen.

Als ich vor der Küche stand, hörte ich, wie sie zu Oskar sagte: »Aber nein, Oskar. Mir fehlt es an nichts, ich bin wirklich rundum zufrieden.«

Oskar brummte etwas, was ich nicht verstand.

»Aber nein«, hörte ich wieder meine Mutter. »Es ist nicht deine Aufgabe, dafür zu sorgen, dass wir hier im Luxus leben. Ich arbeite doch auch, mein Job macht mir Spaß und bisher sind wir doch sehr gut über die Runden gekommen.«

Gebrummel von Oskar, dann meine Mutter: »Was kümmern uns andere Leute!«

Das klang nach Minenfeld. Wollte ich mich da jetzt wirklich hineinbegeben?

Ich atmete tief durch. Ich könnte natürlich auch bis morgen warten und Lucilla befragen. Ich drehte mich um, ging wieder nach oben. Auf der anderen Seite wäre es natürlich gut, wenn ich wüsste, was hier läuft. Vielleicht musste ich ja Vorsichtsmaßnahmen ergreifen.

Ich fluchte kurz, holte einen Euro und klopfte an Flippis Zimmertür. »Hier«, sagte ich und hielt ihr den Euro hin. »Jetzt sag, was los war.«

Flippi steckte den Euro ein und grinste. »Setz dich doch«, meinte sie und machte eine einladende Geste. Als ihr Blick durch ihr Zimmer wanderte, überlegte sie es sich anders. »Nein. Bleib stehen, Platz nehmen kostet extra. Dafür müsste ich nämlich erst mal aufräumen.«

»Jetzt rück mit der Sprache raus oder gib mir mein Geld zurück!«

»Zu spät. Du lernst es nie, was?«

»Was soll ich lernen?«

»Zunächst die Leistung einzufordern, anschließend erst zu bezahlen.«

Ich sah sie groß an.

»Also, bei mir kämst du damit sowieso nicht durch. Diese Regel gilt nur für den Rest der Welt. Okay?«

Ich wollte mich beschweren, aber Flippi hielt abwehrend die Hand in die Höhe. »Keine Sorge, ich bin ein fairer Partner. Hier ist die Kurzfassung.« Sie machte eine Pause.

»Das war die Kurzfassung – nichts?!«, fauchte ich.

Flippi schüttelte den Kopf. »Du bist ja schon völlig runter mit den Nerven, bevor du überhaupt gehört hast, worum es geht.«

Ich stöhnte und lehnte mich gegen den Türrahmen. »Mach's nicht so spannend. Was ist los?«

Flippi grinste. »Deine Mutter ist total ausgeflippt, als Lucilla ihr sagte, wie Felix mit Nachnamen heißt.«

»Erst mal, sie ist nicht nur meine Mutter, sondern auch deine.«

Flippi unterbrach mich sofort: »In diesem Fall nicht! Das ist deine Baustelle, du hast uns dieses Problem ins Haus geschleppt!«.

»Problem? Was ist gegen den Namen Sternberg einzuwenden? Wieso flippt sie da aus?«

»Ach, du ahnungsloser Engel!«, flötete Flippi. Dann gab sie jedoch zu: »Ehrlich gesagt, ich hab das ja zuerst auch nicht verstanden, aber Felix' Familie ist wohl jenseits von reich, nämlich obersuperreich. Aber das war ja noch nicht wirklich ihr Problem. Als sie den Namen hörte, wurde ihr klar, dass Felix' Familie der Hauptsponsor vom Theater ist. Sozusagen ihr Arbeitgeber, also nur indirekt, aber bei ihr hat es trotzdem dazu geführt, dass sie aufjaulte. Ohne die Sternbergs gäbe es das Theater nicht, es lebt vom Geld der Familie. Wie übrigens auch jede Menge andere kulturelle und wissenschaftliche Einrichtungen. Das Wissenschaftsmuseum zum Beispiel hat die Stadt ihnen zu verdanken, die Kunstgalerie und auch das Theater. Die sind sehr großzügig mit ihren Millionen und sehr engagiert, wenn es um Bildung geht.«

»Und das ist was Schlechtes?«, fragte ich verwirrt.

»Für normale Leute sicher nicht, aber deine Mutter ist jetzt in heller Aufregung.«

»Wieso?«

»Na, weil sie Angst hat, dass sie ihren Arbeitsplatz verliert, wenn du dich Felix gegenüber schlecht benimmst. Und dann hat sie Angst, dass ihre Kollegen nicht mehr mit ihr reden, wenn sie erfahren, dass ihre Tochter mit dem Sohn des Geldgebers befreundet ist. Außerdem weiß sie jetzt nicht mehr, wie sie sich Felix gegenüber verhalten soll. Und sie hat Lucilla und mich gelöchert mit Fragen, ob sie wohl gestern Abend auch wirklich nett genug zu Felix war und ob er sich bei so armen Leuten wie uns wohlfühlt.«

»O boy!«, stöhnte ich.

»Warte, es geht noch weiter: Und Oskar hat sie damit so wuschig gemacht, dass er wahrscheinlich schon angefangen hat, einen Bankraub zu planen, damit wir auch plötzlich reich werden. So, jetzt kannst du stöhnen.«

»Gott, nein! Ich glaub's ja nicht. Das alles nur, weil sie Felix' Nachnamen erfahren hat?«

»Jawohl«, nickte Flippi mit Nachdruck. »Du bist also jetzt ganz schön in der Bredouille!«

Ich stand da und sah Flippi ausdruckslos an.

»Das war's. Mehr Infos gibt es nicht für einen Euro«, meinte sie und machte eine Handbewegung, die ich dahin gehend deutete, ich solle nun ihre Türschwelle wieder verlassen.

Ich trottete etwas erschlagen zurück in mein Zimmer. Es war mir völlig schleierhaft, wieso meine Mutter ein Problem darin sah, dass Felix' Eltern reich sind. Und ebenso irritierend fand ich, dass wir laut meiner Mutter auf einmal arm sind.

Freitag, 22. August, nach dem Frühstück

Als ich heute Morgen zum Frühstück runterging, wappnete ich mich innerlich gegen zu erwartende mütterliche Vorwürfe und bereitete schon mal in Gedanken Gegenargumente vor.

»Hi«, begrüßte ich möglichst unbefangen meine

Familie, als ich in die Küche kam. Ich stoppte kurz ungläubig, als ich den Frühstückstisch sah. Er war fürstlich gedeckt, mit dem guten Geschirr und Stoffservietten, und in der Mitte stand eine Blumenvase mit Rosen. Ich deutete auf die Rosen und grinste Oskar an. »Hast du was ausgefressen?«

Oskar schüttelte den Kopf. »Nein, das war die Idee deiner Mutter. Sie möchte, dass wir hier mal etwas mehr Niveau reinbringen.«

Flippi sah mich vorwurfsvoll an und meinte: »Vielen Dank auch, Jojo. Ich darf noch nicht mal mehr meine Ellbogen auf dem Tisch abstützen.«

»Es ist nicht Jojos Schuld«, kam meine Mutter mir unerwartet zu Hilfe. »Ich habe entschieden, dass wir unbedingt mal an unseren Tischmanieren arbeiten sollten.«

»Mit dem Sonntagsgeschirr und Stoffservietten?«, fragte ich. »Wie soll das denn dabei helfen?«

»Es schafft die entsprechende Atmosphäre. Wenn du dich jetzt in diesen Kreisen bewegst, musst du dich etwas umstellen.«

Flippi sah mich vielsagend an.

»Und mit diesen Kreisen meinst du Felix?«, forschte ich nach.

Meine Mutter nickte. »Du bist doch noch mit ihm zusammen, oder?«

»Ja.«

Sie sah nicht erleichtert aus, sondern seufzte. »Gut, dann müssen wir an deinem Benehmen arbeiten.«

»Waaas? Nein, mein Benehmen ist tadellos!«

Flippi grinste breit.

Nun mischte sich sogar Oskar ein. »Isolde, ich finde wirklich, wir sollten uns jetzt nicht verbiegen, nur weil Jojos neuer Freund zur … ähm, High Society gehört. Er macht doch einen sehr netten und normalen Eindruck!«

Meine Mutter winkte ab. »Oskar, glaube mir, es ist nicht so einfach, wenn man mit der Oberschicht verkehrt. Da herrschen andere Spielregeln. Wenn wir schon kein Geld haben, so sollten wir doch zumindest gute Manieren aufweisen können.«

Oskar und ich seufzten im Duett.

Flippi murmelte mir zu: »Ich hab's dir gesagt.«

Mein geplanter Widerstand löste sich auf. Es war für mich zu früh am Morgen, um einen solchen Kampf zu gewinnen. Es würde mich weniger Kraft kosten, die Benimmregeln und die Vorträge meiner Mutter über mich ergehen zu lassen. Ich setzte mich an den Tisch und aß unter genauer Anweisung, strenger Überwachung und ständigen Korrekturen mein Frühstück. Ich sagte nichts, aber eins stand fest: Das würde ich nicht noch einmal machen. Jemand musste meine Mutter stoppen.

Wobei, eins muss man der Ehrlichkeit halber sagen: Es war ein friedliches Frühstück, ruhig und geordnet, es kam zu keinen besonderen Vorkommnissen und es gab weder Streit noch Chaos. Selbst Flippi benahm sich. Da stellt sich doch die Frage: Leben reiche Leute chaosfrei? Ist es bei denen immer so ruhig?

»Ich muss jetzt ins Theater«, sagte meine Mutter nach dem Frühstück und stand auf. Sie sah Oskar abwartend an. »Kommst du?«

»Oh, ich ... muss erst mittags da sein«, meinte er.

Das war ungewöhnlich, denn normalerweise gingen die beiden immer zusammen, egal wer wann Dienst hatte. In einem Theater gab es immer was zu tun.

»Ach?«, machte meine Mutter erstaunt.

»Das Material für die Stellwände wird erst mittags geliefert, deshalb. Geh ruhig schon mal, ich komme nach, ich hab noch zu tun.«

»Was denn?«

Oskar blickte sich in der Küche um. »Aufräumen und so ...«

»Hm«, meinte sie nur. »Na gut, dann seh ich dich später«, gab sie schließlich auf.

Mit mahnenden Worten an Flippi und mich verließ sie das Haus. Die mahnenden Worte bestanden aus Anweisungen, nicht das Haus abzufackeln – das war für Flippi –, und Hinweisen, wie man sich in der besseren Gesellschaft zu benehmen hat. Damit war ich gemeint.

Oskar räumte im Zeitlupentempo die Küche auf. Flippi und ich beobachteten ihn interessiert.

»Was ist mit euch? Wollt ihr nicht irgendetwas unternehmen?«, fragte Oskar.

»Ich treffe mich gleich mit Felix«, bot ich an.

Oskar nickte. »Na, dann sieh zu, dass du nicht zu spät kommst.«

Er wandte sich an Flippi. »Und du? Wolltest du nicht was mit einem Klassenkameraden unternehmen, der für dich diese Handzettel für dein Schneckenbusiness ausdrucken sollte?«

»Ja, und ich müsste schon seit einer halben Stunde dort sein, aber ich wollte hier nichts verpassen. Ich sehe gern zu, wie Jojo sich immer um Kopf und Kragen redet.« Dann drehte sie sich zu mir. »Bin allerdings etwas enttäuscht, du schwächelst heute früh ganz schön.«

Ich stand auf, nickte und sagte: »Ja, und es wird auch nichts Spannendes mehr passieren, kannst also gehen.«

Bevor Flippi sich jedoch verkrümelte, musste sie noch etwas loswerden. »Nur damit ihr euch keine falschen Hoffnungen macht. Ich hab mich heute zurückgehalten, weil ich sehen wollte, wie sich die Dinge entwickeln. Aber so ein Frühstück bei Hofe mache ich nicht noch mal mit. Und wenn keiner von euch beiden den Mut hat, Mami zu stoppen, werde ich mir was überlegen müssen.« Sie sah uns eindringlich an. »Und das wollt ihr bestimmt nicht!« Dann sprang sie auf und sauste aus dem Haus.

»Was machen wir denn jetzt?«, fragte ich Oskar.

Oskar zuckte mutlos die Schultern. »Das mit dem vornehmen Frühstück ist mein geringstes Problem. Ich hab nichts dagegen, wenn eure Mutter euch gute Manieren beibringt.«

Keine Unterstützung also. Ich seufzte und ging in mein Zimmer.

Freitag, 22. August, abends

Als ich mich von dem Hammerfrühstück einigermaßen erholt hatte und das Haus verlassen wollte, hörte ich, wie Oskar telefonierte.

»Ich möchte nicht, dass meine Frau das erfährt«, sagte er gerade.

Wie elektrisiert blieb ich stehen. Wie bitte? Was sollte das denn?

»Ich hätte jetzt etwa drei Stunden Zeit. – Gut, dann sehen wir uns gleich.« Er legte auf.

Ich versteckte mich schnell neben dem Garderobenschrank im Flur und hielt den Atem an. Merkwürdige Reaktion. Also, meine Reaktion war merkwürdig. Wieso versteckte ich mich vor Oskar? Und was war es, von dem Oskar nicht wollte, dass meine Mutter es erfährt?

Natürlich hätte es auf der Hand gelegen, Oskar einfach darauf anzusprechen. Aber da mein Instinkt mich dazu getrieben hatte, mich zu verstecken, dachte ich, das ist ein Zeichen, ihn nicht zu fragen.

Trotzdem wollte ich natürlich gerne wissen, was er vor meiner Mutter verheimlichte. War das nicht geradezu meine Pflicht? Ich beschloss, Oskar zu beschatten. Ich würde ihm folgen und dann sehen, wohin er ging.

Ich lief nach draußen und sah mich im Vorgarten nach einem Versteck um. Wir sollten wirklich mehr Büsche und Bäume hier anpflanzen. Außer einem halbhohen Rosenbusch, der jedoch strategisch nicht sehr günstig stand, bot nichts sehr viel Schutz. Höchstens die Buchsbaumhecke. Aber die war nur kniehoch und ich würde mich quer dahinterlegen müssen. Selbst das würde mich nur vor neugierigen Igeln verbergen. Jeder der größer als fünfzig Zentimeter war, würde mich sofort sehen. Also hatte der Rosenbusch die Ehre, mich zu verbergen. Er empfand das aber wohl nicht als Ehre, es schien sogar, als würde er dagegen ankämpfen. Ich musste einige Äste zur Seite biegen, um Platz zu schaffen. Das gefiel ihm offensichtlich nicht besonders. Mit anderen Worten: Es gab ein ziemliches Handgemenge zwischen dem Busch und mir. Es endete mit einem abgebrochenen Ast aufseiten des Busches und einem Riss im T-Shirt, den ich zu beklagen hatte.

Es dauerte nicht allzu lange, da kam Oskar aus dem Haus. Er schloss die Tür ab, ging durch den Vorgarten zur Straße, dann zu seinem Auto, setzte sich rein und fuhr los.

Mist! Damit war meine Verfolgung bereits zu einem Ende gekommen. Ich hatte nicht an das Auto gedacht …

Plötzlich fiel mir ein, dass ich ja mit Felix verabredet war, und inzwischen war mein Zeitplan total durcheinander. Na ja, er war nicht durcheinander, ich war schlicht und ergreifend zu spät.

Also machte ich mich im Schweinsgalopp auf den Weg.

Ich sollte Felix im Einkaufszentrum treffen, weil er sich ja noch diese Segeljacke kaufen musste, was wir gestern wegen meiner Französischlehrerin nicht mehr geschafft hatten.

Auf dem Weg dorthin war ich irgendwann außer Puste und trotte etwas langsamer voran. Dabei überlegte ich, ob ich Felix von dem absurden Verhalten meiner Mutter erzählen sollte oder nicht. Felix hat ja diese Theorie, dass ich Chaos vermeiden könnte, wenn ich Dinge einfach so darstelle, wie sie sind. Er ist der Meinung, dass mich meine Ausreden und mühsam konstruierten Erklärungen immer in Schwierigkeiten bringen.

Felix ist ziemlich clever, er wüsste, wie ich das Problem meiner Mutter, nämlich dass Felix ihr zu reich ist, lösen könnte. Mir fiel nämlich nur ein, ihn dazu zu überreden, einfach zu sagen, er sei ein armer Cousin der Familie, der nur zu Besuch sei. Hm. Aber wieso geht er dann hier zur Schule? Da war ich ziemlich stolz auf mich. Das war doch ein Fortschritt – ich überprüfte meine Ausreden bereits auf eventuelle Schwachstellen, bevor andere sie entdecken würden. Ja, Felix hatte einen guten Einfluss auf mich.

Vielleicht wäre Felix auch bereit zu leugnen, überhaupt mit der Familie Sternberg verwandt zu sein. Er könnte sagen, das würde ihm öfter passieren, dass man ihn für den Sohn der Sternbergs hält. Damit wäre das Thema komplett vom Tisch.

Ja, guter Plan.

Lucilla und Valentin wollten später auch ins Einkaufszentrum kommen und dann würden wir zusammen in den Concordia-Club gehen.

Lucilla hat mir erzählt, das sei das Ritual der Reichen und Schönen: Man trifft sich mittags im Club zum Sandwichessen, man sitzt auf der Terrasse und zwischendurch geht man in den Pool, spielt eine Runde Golf oder Tennis und plant schicke Empfänge oder coole Segeltrips. Lucilla und ich waren noch nie in diesem Club. Wir hatten uns bisher darauf beschränkt, über die Leute, die dort hingehen, zu lästern. Ich mehr, Lucilla weniger, weil sie diese Welt sehr spannend findet. Schließlich besteht ihre Lektüre ja zum größten Teil aus Magazinen, die über die Leute der besseren Gesellschaft berichten. Lucilla ist nämlich der Meinung, sie müsse vorbereitet sein, denn eines Tages werde sie dazugehören.

Die letzten Meter zum Einkaufszentrum rannte ich wieder, um zumindest den Eindruck zu erwecken, ich hätte mich beeilt.

Felix wartete natürlich schon. Als ich bei ihm ankam, drückte er auf eine imaginäre Stoppuhr und sagte in Reporterstimme in ein imaginäres Mikrofon: »Sie ist endlich eingetroffen. Wie es aussieht, hat Jojo soeben ihren eigenen Rekord im Zuspätkommen gebrochen.«

Ich sah ihn kritisch an. War er sauer? Er küsste mich. Nein, war er nicht. Gut. Dafür hatte er ein »Tut mir leid« verdient.

»Macht nichts«, sagte er in normalem Ton zu mir. »Ich musste ja eh hier stehen, weil ich auf meine Freundin warte.«

Ich trat empört einen Schritt zurück.

Mit Reporterstimme sprach er weiter in sein imaginäres Mikro: »Die soeben eingetroffen ist. Der Weg war lang, beschwerlich und gefahrenvoll. Es sind noch Kampfspuren zu sehen, offensichtlich mit einem …«

Er betrachtete den Riss in meinem T-Shirt und sah mich fragend an. Ich nahm seine Hand mit dem unsichtbaren Mikro und sprach rein: »Einem Rosenbusch.«

»Einem Rosenbusch. Bekanntlich die hartnäckigsten Gegner romantischer Beziehungen. Schon vielen Prinzen wurden sie zum Verhängnis.«

Ich nahm ihm das imaginäre Mikro aus der Hand und sprach abschließende Worte hinein: »Aber hier und heute ist alles zu einem guten Ende gekommen. Wir bedanken uns bei unseren Zuhörern und wünschen ihnen noch einen schönen Tag.« Dann warf ich das unsichtbare Mikro lässig über meine Schulter und küsste Felix.

»Ich bin im Dienst, das kannst du nicht machen«, meinte er.

»Sendezeit zu Ende. Und es tut mir echt leid, dass ich fünf Minuten zu spät bin.«

»Fünfundvierzig Minuten, aber wer zählt …«

Ich sah ihn kritisch an. »Du bist echt nicht sauer?«

»Nein.«

»Wow, das ist der Beginn einer wunderbaren Freundschaft.«

Er legte den Arm um mich und wir gingen ins Einkaufszentrum. »Wie machen wir das eigentlich in Zukunft? Erkundige ich mich immer danach, wieso du zu spät kommst, oder nicht?«

»Nur wenn ich eine echt gute Ausrede habe.«

»Und wie weiß ich das?«

»Versuch und Irrtum.«

»Okay. Lass uns jetzt mal nachsehen, ob der Laden Lehrerinnen-frei ist, und schnell die Jacke kaufen. Dann müssen wir zum Springbrunnen. Lucilla und Valentin werden bald da sein.«

Lucilla war ziemlich aufgetakelt. Sie hüpfte mir fröhlich entgegen, als sie uns sah. Valentin lehnte etwas missmutig am Rand des Springbrunnens und sah uns gelangweilt an.

»Im Club werde ich ein Sandwich mit Hühnchen, Avocado, Tomaten und Kresse nehmen. Das essen die Stars in Hollywood«, teilte Lucilla mir mit. »Und du?«

»Keine Ahnung. Woher weißt du denn, was es da für Sandwiches gibt?«

»Hab nachgesehen. Steht alles auf der Homepage. Selbst die Speisekarte. Hast du dich denn gar nicht informiert?«

Aha. Lucilla war bestens vorbereitet. Ich nicht. Wozu auch? Ich seufzte innerlich. Es würde nicht entspannt und fröhlich werden, sondern definitiv anstrengend.

Sie beugte sich nahe zu mir und sagte: »Ich hoffe, du hast einen repräsentativen Bikini dabei. Ich hab mir gerade einen neuen gekauft.«

Ich erschrak. »Wieso muss der Bikini repräsentativ sein? Ich hab einen Wald-und-Wiesen-Bikini.«

»Wald und Wiesen? Was soll denn das sein?«

»Na eben ein normaler Bikini. Nichts Besonderes. Er verträgt Wasser. Das muss genügen.«

»Für den Club?«, fragte Lucilla mit vorwurfsvoller Betonung.

Ich schluckte und wandte mich an Felix: »Gibt es Kleidungsvorschriften im Club?«

»Ähm, es wird gerne gesehen, wenn man Kleidung trägt ...«, lachte er. Dann fügte er hinzu: »Aber ansonsten – kommt drauf an, was du vorhast. Golf oder Tennis wolltest du nicht spielen, oder?«

Ich lachte. Lucilla stieß mich an. Felix hatte es nicht als Witz gemeint. Wer, bitte, spielt denn in unserem Alter Golf? Also Tennis ist okay. Nicht dass ich das spielen würde, dazu muss man ja einem Club angehören und man sollte ein Minimum an sportlichem Talent mitbringen, was bei mir nach wie vor im Verborgenen liegt. Und da liegt es gut, ich habe kein Interesse daran, es zu entdecken.

Wir waren bei Valentin angekommen. Felix begrüßte ihn freundlich und meinte: »Wollen wir dann?«

Valentin zog ein Gesicht. »Also ich hab eigentlich keine Lust, in so einen Club zu gehen.«

Lucilla riss erschrocken die Augen auf. »Aber was redest du denn da? Das ist eine einmalige Chance!«

Valentin zuckte die Schultern. »Du kannst ja gehen.«

»Alleine?«, quietschte Lucilla vorwurfsvoll.

»Wieso alleine? Du hast doch Jojo und Mr Wundervoll.«

»Wen?«

»Felix.«

Lucilla war etwas irritiert. »Aber Felix ist Jojos Mr Wundervoll.«

»Also genau genommen …«, mischte ich mich ein, aber mir war auch nicht ganz klar, was ich jetzt eigentlich sagen wollte.

»Ich hab jedenfalls kein Interesse daran, in so einem Club rumzuhängen«, sagte Valentin abschließend und verfiel in Schweigen.

Lucillas Wangen färbten sich leicht rot. Ich schätze mal, es war Zornesröte.

Tja, das sah nach Ärger im Romantikparadies aus.

Felix wollte die Spannung aus der Situation rausnehmen und meinte: »Wisst ihr was, lassen wir das mit dem Club doch einfach. Wir gehen zum See im Park, mieten uns ein Boot und rudern auf dem Wasser herum.«

Jetzt zog Lucilla ein Gesicht.

Aber auch Valentin schien nicht zufrieden mit diesem Vorschlag. »Aber was ist mit Essen?«, maulte er. »Ich hab Hunger.«

Felix ließ sich nicht entmutigen. »Wir nehmen uns hier was mit und picknicken.«

»Im Boot?«

Nun eilte ich Felix zu Hilfe – es war echt süß von ihm, dass er so geduldig mit Valentin war. »Ja, ist doch cool«, rief ich begeistert. »Dann legen wir irgendwo an und picknicken auf der Wiese«, sagte ich und fand es toll, wie diplomatisch ich war. Wenn Felix nicht neben mir stehen würde und mit gutem Beispiel voranginge, hätte ich Valentin schon zurechtgebürstet. Wenn er so maulig ist, soll er doch daheimbleiben.

Lucilla brütete mit ärgerlichem Gesicht vor sich hin und sagte gar nichts.

»Was meinst du, Lucilla?«, wandte sich Felix an sie. »Ist doch romantisch.« Auch er hatte in kürzester Zeit gelernt, wie schnell man bei Lucilla was erreicht, wenn man das Wort Romantik verwendet.

»Ich hab meinen Bikini dabei, weil ich in den Pool wollte.«

»Wir können im See auch schwimmen.«

Lucilla sah ihn empört an. »Das ist ein Poolbikini, keiner zum Schwimmen in einem See.«

Felix zuckte die Schultern. »Also, wir können natürlich auch in den Club gehen.«

»Wieso denn, ich denke, wir gehen zum See?«, rief Valentin.

»Gut«, machte Felix nun kurzen Prozess, »dann lass uns Proviant holen und wir machen uns auf den Weg.«

Es war kein superfröhlicher, genialer Nachmittag, den wir miteinander verbrachten. Die Gespräche waren zäh, wenn sie denn überhaupt in Gang kamen. Lucilla tat sich schwer, Valentin zu verzeihen, dass er sie um ihren großen Clubauftritt gebracht hatte. Als ich ihr versprach, dass ich sie mitnehme, wenn ich mit Felix mal in den Club gehe, wurde sie etwas freundlicher.

Als mich Felix dann nach Hause begleitete, meinte er: »Valentin scheint ein Problem mit mir zu haben.«

»Ja, und er ist nicht der Einzige«, nickte ich.

»Wer noch?«, fragte Felix erschrocken.

»Meine Mutter.«

Felix fiel aus allen Wolken. »Wieso denn das?«

»Du bist zu reich.«

»Was? Das ist ein Problem?«

»Ja, ein großes.«

»Aber *ich* bin nicht reich. Das sind meine Eltern. Und wieso stört das deine Mutter?«

Ich seufzte. »Ich denke, es macht sie nervös. Sie meint, ich passe nicht in deine Welt, und versucht jetzt im Schnelldurchlauf, Flippi und mir Manieren beizubringen. Wenn sie noch drei Tage so weitermacht, kann ich problemlos mit der Queen von England ein Teeplauderstündchen bestehen und komme eventuell als Thronfolgerin infrage.«

»Wow, das wollen wir natürlich nicht«, grinste Felix. »Die haben schon genug Probleme, das sollten wir ihnen nicht antun.«

»War da irgendwo ein Kompliment versteckt?«

Felix schüttelte den Kopf und lachte. »Nein, sorry. Trotzdem verstehe ich nicht, wieso das für deine Mutter ein Thema ist. Hab ich mich merkwürdig benommen?«

»Nicht die Bohne. Sie ist ja auch erst übergeschnappt, als sie deinen Nachnamen gehört hat und daraus geschlossen hat, dass du zur Kategorie *reich und berühmt* gehörst.«

»Und was soll ich jetzt tun?«

»Oh, ganz einfach, ich hab mir überlegt, du erzählst ihr, dass du gar nicht mit den Sternbergs verwandt bist.«

»Ist nicht dein Ernst!«

»Ist es nicht?«, erkundigte ich mich etwas verunsichert.

Er sah mich an. »Jojo, das wird ein einziges Chaos. Das geht niemals gut.«

»Aber wir könnten es doch versuchen.«

»Nein. Echt nicht.«

Ich seufzte.

Wir waren kurz vor unserem Haus, da kam uns meine Mutter entgegengelaufen. Als sie Felix sah, straffte sie sich und wechselte von ihrem hektischen Gerenne in ein elegantes Schreiten. Ihre Augen waren auf Felix gerichtet. Als sie vor uns stand, reichte sie ihm die Hand und begrüßte ihn. Mich nahm sie gar nicht wahr. »Ich muss noch mal ins Theater. Ein Notfall, Loretta kommt nicht in ihr Feenkostüm. Ich kann's nicht glauben, ich hab ihr gesagt, sie soll aufhören, so viel zu essen. Ich kann nicht jede Woche die Nähte von ihrem Kostüm auslassen und jetzt haben wir den Salat – ich kann ihr Kostüm nicht mehr weiter machen, sie braucht ein Ersatzkostüm! Zwei Stunden vor der Aufführung!« Dann schien ihr wieder bewusst zu werden, wer da vor ihr stand, und sie fuhr fort: »Aber das … das kriege ich schon hin. Ich werde improvisieren, dein Vater muss sich keine Gedanken machen. Ich hoffe, er ist zufrieden mit uns. Oder? Redet er manchmal über das Theater und über seine Angestellten? Herr Sternberg ist ein ausgesprochen netter Mann, ich hab ihn mal gesehen, er …«

Ich fiel aus allen Wolken, als Felix meine Mutter unterbrach und ich ihn sagen hörte: »Herr Sternberg ist nicht mein Vater.«

»Nein?«, rief meine Mutter überrascht.

Felix blickte zu Boden, während er nuschelte: »Nein. Verwechslung, passiert öfter.«

Meiner Mutter war die Erleichterung anzusehen. »Oh, na dann. Das ist gut. Also, ich muss jetzt los«, rief sie und schimpfte im Davongehen: »Ich werde Loretta in ein Zelt stecken.«

Ich war wie erschlagen. O mein Gott! Ich färbte schon auf Felix ab. Ich sah ihn ungläubig an.

Er hatte denselben Ausdruck auf seinem Gesicht und murmelte: »Das glaub ich jetzt aber nicht. Hab ich eben echt meinen Vater verleugnet?«

Ich seufzte. »Da siehst du mal, was für eine Wirkung meine Mutter auf einen hat. Und ich muss damit tagtäglich leben. Ist doch kein Wunder, dass man da …« Ich stoppte, denn Felix war offensichtlich schockiert über sein eigenes Verhalten. Ich knuffte ihn in die Seite. »Ist doch nicht so schlimm. Man gewöhnt sich daran«, versuchte ich ihn zu trösten.

Er schüttelte den Kopf. »Das war irgendwie ein Reflex. Ich muss das wieder klarstellen.«

»Ähm, könntest du damit warten, bis wir beide nicht mehr zusammen sind?«, bat ich schmeichelnd.

Felix sah mich an und lächelte etwas matt. »Was heißt, bis wir nicht mehr zusammen sind? Hast du da schon einen Plan? Gibt's etwas, was ich wissen sollte?«

Ich umarmte ihn, sagte: »Nichts Konkretes, war irgendwie ein Reflex«, und küsste ihn.

»Hallo, Jojo!«

Ich zuckte erschrocken zusammen und löste mich aus der Umarmung mit Felix.

»'tschuldigung«, meinte Oskar, der gerade hektisch an uns vorbeilief. »Deine Mutter musste noch mal schnell ins Theater. Sie kommt heute erst spät nach Hause. Ich hab für euch gekocht, steht alles im Kühlschrank, ihr müsst es nur warm machen.« Während er sprach, rannte er einfach weiter.

Ich sah ihm verwirrt hinterher, dann rief ich: »Wo gehst du hin?«

»Oh, ich … bloß … zum Einkaufen.«

»Jetzt?«

»Ja, fürs Abendessen.«

»Aber du hast doch schon Abendessen gekocht.«

»Fürs Abendessen morgen.«

»Aha.«

Er drehte sich noch mal um. »Hallo, Felix, schön dich zu sehen! Kannst gerne mitessen.« Dann sprang er in sein Auto und fuhr los.

Felix sah mich verwirrt an.

»Willkommen in meiner Welt«, meinte ich zu ihm.

Samstag, 23. August

»Ka-ha-nnst du ko-ho-mmen?«, heulte Lucilla frühmorgens ins Telefon.

»Was ist passiert?«, fragte ich erschrocken und noch ziemlich schlaftrunken.

»Va-ha-lenti-hi-n …«

Oje, das klang nicht gut.

»Bin schon unterwegs«, rief ich.

Da war wohl die perfekte romantische Beziehung in die Brüche gegangen. Das muss furchtbar sein für sie. In Windeseile zog ich mich an und sauste zu Lucilla.

Als ich bei ihr zu Hause ankam, stand sie schon wartend in der Tür und dann fiel sie mir schluchzend um den Hals. »Es ist so furchtbar!«, jammerte sie.

»Es tut mir so leid«, begann ich und streichelte ihren Rücken.

»Ich weiß nicht, was ich ohne ihn tun soll«, schluchzte sie.

Ich nickte und überlegte mir, was wohl jetzt eine angemessene Reaktion wäre. Man soll immer das Positive in verzwickten Situationen suchen, dachte ich. Aber ich sah gerade nichts Positives. »Du Ärmste«, sagte ich deshalb erst mal, um Zeit zu gewinnen, bis mir was richtig Gutes einfallen würde.

Bei Trennungen ist es sicher hilfreich, wenn man sich klarmacht, dass man ohne den anderen besser dran ist. Ja. Und man sollte sich alle schlechten Eigenschaften des Expartners in Erinnerung rufen, dann fällt es leichter, ihm nicht hinterherzutrauern.

Ich führte Lucilla in ihr Zimmer, sie warf sich aufs Bett und heulte dramatisch.

Hm. Ich entschloss mich zu einer Radikalkur. Wieder die berühmte Pflaster-mit-Ruck-abzieh-Methode. »Hör zu, Lucilla, jetzt mal im Ernst, Valentin ist eine totale Schlaftablette. Er war doch bloß dein Schoßhündchen und sein Romantikgesülze war echt kaum zu ertragen. Und in der letzten Zeit hat er eh nur noch rumgemault.«

Lucilla stoppte mit der Heulerei, setzte sich auf und sah mich ungläubig an. »Wieso sagst du denn so etwas?«, fragte sie mit zitternder Stimme.

Ich blieb eisern bei meinem Konzept. »Sei froh, dass du ihn los bist.«

»Was?!« Lucilla sprang auf und sah mich wütend an.

Ups. Vielleicht war es noch zu früh für die Radikalkur. Ich versuchte, vorsichtig zurückzurudern. »Na ja, ich meine, Valentin war schon nett und so, aber ganz bestimmt findest du bald einen anderen und der ist viel cooler. Du siehst doch toll aus und es gibt jede Menge Typen, die dich super finden.«

»Jojo! Was ist bloß los mit dir! Ich kann mir doch

nicht für die zwei Tage, in denen Valentin seine Großmutter besucht, einen anderen Freund suchen!«

Was? Das war alles? Es war nicht Schluss, sondern er besuchte bloß seine Großmutter und deshalb machte sie so ein Drama und hetzte mich zu nachtschlafender Zeit aus dem Bett?! Ich glaubte es ja nicht!

Lucilla war die Empörung in Person. Mit in die Seiten gestemmten Armen stand sie vor mir. Na gut, wenn man zugrunde legt, dass sie glaubte, ich hätte gerade vorgeschlagen, sich einen Ersatzfreund für zwei Tage zu suchen, konnte ich ihre Reaktion nachvollziehen.

»Das hab ich doch gar nicht gemeint.«

»Hast du wohl!«

»Ja, schon, aber doch nur, weil ich dachte, es wäre Schluss mit Valentin.«

»Schluss mit Valentin?! Wie kommst du denn auf so eine Idee!?«

»Weil du geheult hast, als würde die Welt untergehen.«

»Ja, weil ich ihn vermisse. Er ist heute früh abgefahren, wir haben uns noch verabschiedet, es war superromantisch und dann … ist er …«, sie musste schwer schlucken, »… einfach gefahren. Weg. Kein Valentin mehr für eine endlos lange Zeit.«

Ich seufzte und war jetzt doch ein bisschen ärgerlich.

Lucilla, die Dramaqueen, und dafür spring ich aus dem Bett!

»Er kommt doch in zwei Tagen wieder«, knurrte ich bloß, »also stell dich nicht so an.«

Lucilla heulte auf.

Okay, keine gute Reaktion von mir. Sanft sagte ich: »Du brauchst jetzt bloß etwas Ablenkung. Wir werden tolle Sachen unternehmen und dann wird die Zeit wie im Flug vorübergehen.«

Lucilla setzte sich wieder und nickte tapfer. Dann sah sie mich an. »Sag mal, was du da eben über Valentin gesagt hast – wie meinst du das denn?«

»Ich? Ich hab nichts gesagt.«

»Sehr wohl hast du! Von wegen Schlaftablette und romantisches Gesülze und so.«

»Oh, ach das!« Ich winkte abwertend. »Das hab ich nur gesagt, um dich zu trösten.«

»Um mich zu trösten, machst du meinen Freund schlecht?«

»Ja, weil ich dachte, er hätte mit dir Schluss gemacht!«

Lucilla war empört. »Wie kommst du denn auf die Idee? Valentin würde nie mit mir Schluss machen!«

Jetzt wurde ich langsam etwas mürrisch. Es war zu früh, um gelassen auf Lucilla zu reagieren. Also sagte ich gar nichts.

»Und wie siehst du überhaupt aus?«, fragte Lucilla und deutete auf mein Outfit.

Ich sah an mir herunter. Hm, ich trug eine Jeans und hatte es auch geschafft, meine Hausschuhe gegen Straßenschuhe zu tauschen. Ach ja, das Oberteil machte ihr Sorgen. Mir nun auch. Es war nämlich mein Schlafanzugoberteil aus Kindertagen, ein Relikt aus meiner Pink-und-Einhorn-Phase. Ich beschloss, Lucillas Einwand einfach zu ignorieren. »Komm, wir gehen frühstücken«, schlug ich vor.

»So geh ich nicht mit dir auf die Straße. Was, wenn uns jemand sieht?«

»Dann bleiben wir halt hier.«

»Nein, hier erinnert mich alles an Valentin«, seufzte Lucilla.

O Mann, das würde ja heiter werden!

»Und wo können wir dann hingehen?«

»Wir gehen irgendwo hin, wo ich noch nie war. An einen neutralen Ort.«

Ich nickte.

»Aber zuerst such ich dir eins von meinen T-Shirts raus.«

Ich griff nach einem von Lucillas bunten T-Shirts mit Comicaufdruck, aber sie schüttelte den Kopf.

»Nein, wir brauchen gedämpfte Farben, für bunt bin ich zu deprimiert.«

»Aber ich muss es doch tragen.«

»Aber ich muss es anschauen.«

Ich gab nach, ich verstand Lucillas Logik sowieso nicht. Zwei Minuten später steckte ich in einem schlichten dunkelbraunen T-Shirt. Jetzt war auch ich deprimiert. Mein pinkes Einhorn-Schalfanzugoberteil hatte mir bessere Laune gemacht. Aber egal, wenn es Lucillas Schluchzen stoppte, war mir alles recht.

Als wir uns auf den Weg machten, begann Lucilla

auf einmal: »Du, eine Frage: Als du eben gesagt hast, dass mich viele Jungs gut finden, hast du das ernst gemeint?«

»Ja.«

»Wirklich?«

»Aber ja.«

Lucilla strahlte. Dann seufzte sie. »Das ist der Nachteil, wenn man einen festen Freund hat. Man kann nicht mehr mit anderen Jungs ausgehen oder sich anschwärmen lassen.«

Mir schossen einige Bemerkungen durch den Kopf, aber ich hielt es für sicherer, darauf gar nicht zu reagieren. »Wo wollen wir denn hingehen?«, fragte ich stattdessen.

Lucilla dachte nach, während wir weiterliefen.

Es stellte sich heraus, dass es keinen neutralen Ort gab. Alles erinnerte Lucilla an Valentin.

Wir kauften beim Bäcker zwei Croissants und aßen sie, während wir verschiedene Plätze ansteuerten und Lucilla dann in sich hineinfühlte, ob es sie wohl deprimieren würde, sich weiterhin hier aufzuhalten. Das tat es. Jedes Mal. Und wir gingen weiter. Selbst Parkbänke waren tabu.

Ich war langsam ziemlich erschöpft vom vielen Rumlaufen. »Lucilla, jetzt mal im Ernst, das ist doch absurd. Wir finden hier nichts, wo du noch nie mit Valentin warst.«

»Du gibst aber schnell auf«, beschwerte sie sich. »Hast du es eilig oder hast du was Besseres vor?«

»Nein. Nicht wirklich. Ich treffe mich nachher mit

Felix, aber wir haben noch gute zwei Stunden Zeit, um weiterzusuchen«, bot ich sofort an.

Lucilla nickte und murmelte: »Du hast es gut, dein Freund ist nicht weggefahren und hat dich einsam zurückgelassen.«

War das ein Vorwurf? Ich sah Lucilla forschend an.

Plötzlich schoss ihr Kopf in die Höhe, sie krallte sich in meinen Arm und rief: »Ich hab's!«

Ich erschrak regelrecht. »Was?«

Sie strahlte. »Ich weiß, wo wir hingehen können, wo ich noch nie mit Valentin war.«

»In die Schule?«

»Unsinn. Wer geht denn freiwillig während der Ferien in die Schule! Nein, wir werden in den Club gehen!«

»Club?«, echote ich.

»In den Club, in den Felix mit uns wollte, aber Valentin keine Lust darauf hatte! Hach! Ruf Felix an und sag es ihm«, drängelte sie. »Meinst du, er geht mit uns dahin?«

Ich war etwas überrumpelt, aber die Idee war ja nicht schlecht. Felix und ich hatten eh noch nicht entschieden, was wir unternehmen wollten. Also wieso nicht? »Ich bin sicher, dass er es tut.«

»Gut, also dann haben wir jetzt jede Menge zu erledigen.«

»Was denn?«

»Wir müssen nach Hause und uns umstylen! Wir brauchen ein clubgerechtes Outfit. Wo triffst du dich nachher mit Felix?

»Er holt mich ab.«

»Dann komm ich nachher auch zu dir. Und zieh dir was Nettes an!« Schon sauste sie los.

Ich stand noch kurz verblüfft da und versuchte zu verstehen, was gerade passiert war, aber dann machte ich mich auch auf den Nachhauseweg. Clubgerechte Kleidung – was sollte das denn sein?

Samstag, 23. August, abends

Erstaunlich, wie schnell man über den Trennungsschmerz von seinem Herzallerliebsten hinwegkommen kann. Lucilla war die Königin des Concordia-Clubs. Also, wenn man im Club eine Königin wählen würde.

Als Lucilla bei mir erschien, sah sie aus wie aus einem Modemagazin. Und sie benahm sich auch so. Sie begrüßte mich mit Küsschen, Küsschen, schob mich dann etwas von sich, betrachtete mich kritisch und meinte: »Jeans und T-Shirt?! Schätzchen, so kannst du da nicht hin. Ich stell dir was Nettes zusammen.« Nach fünf Minuten Wühlerei in meinem Kleiderschrank sagte sie erschöpft: »Du hast nichts Nettes. Du hast nur normale Kleidung.«

»Ja, und damit komm ich prima hin. Bisher hat sich noch niemand beschwert.«

»Bisher warst du aber auch noch nicht im Club.« Sie seufzte erneut, wühlte weiter, zog dann ein weißes

Poloshirt und einen blauen Minirock heraus und meinte: »Probier's mal damit, das müsste gehen.«

»Das sieht aus wie die Schuluniform einer Klosterschülerin«, protestierte ich.

»Du hast ja keine Ahnung. Außerdem trag ich das Gleiche.«

Davon konnte ja wohl kaum die Rede sein. Lucilla hatte zwar auch ein Poloshirt und einen Minirock an, aber ihre Sachen waren Ton in Ton rosé und sie trug einen schicken Designergürtel und eleganten Schmuck dazu.

»Aber die Farben ... blau und weiß ... das ist so ... brav ... bieder«, jammerte ich.

»Seit wann achtest du denn auf so etwas?«

»Seit du mich damit nervös machst.«

»Nun zieh das an, alles andere wirkt einfach zu sehr nach Freizeitkleidung.«

»Aber das ist doch dann passend: Freizeit. Deshalb gehen wir doch da hin. Wir unternehmen was in unserer freien Zeit «

Lucilla seufzte, gab dann nach und meinte: »Mach, was du willst, aber sag hinterher nicht, ich hätte dich nicht gewarnt.«

Felix kam kurz darauf und wir machten uns auf den Weg in den Club.

Ich muss gestehen, Lucilla hatte recht. Ich traute meinen Augen kaum, als wir in den Club kamen: Alle Mädchen sahen aus wie Lucilla. Teils andere Farben, aber derselbe Stil. Unglaublich, woher Lucilla so etwas weiß. Für einen Moment wünschte ich, ich hätte doch das Klosterschülerinnenoutfit gewählt. Die Farben wären zwar wirklich lahm gewesen, aber in Jeans und T-Shirt liefen außer mir hier nur die Lieferanten rum. Selbst die Angestellten trugen stylische Uniformen.

Aber echt deprimierend war etwas ganz anderes.

Als Felix mit uns beiden dort aufkreuzte und wir die Bussi-Bussi-Aktion seiner Clique hinter uns hatten, scharten sich alle Mädels um Lucilla und meinten: »So, also du bist Felix' neue Freundin? Schön, dich kennenzulernen!«

Erst musste ich lachen, witzige Verwechslung, ich sagte: »Nein, das bin ich.«

Doch als ich dann ihre enttäuschten Gesichter sah, eins der Mädchen »Wirklich?« fragte, und mich ungläubig musterte, irritierte mich das doch sehr.

»Wie kommt ihr darauf, dass Lucilla Felix' Freundin ist?«, fragte ich dann auch noch überflüssigerweise, denn bevor sie was antworteten, war ich schon von selbst draufgekommen. Doch da ich die Frage gestellt hatte, musste ich mir auch die Antwort anhören.

»Du passt irgendwie gar nicht zu ihm, du bist ... na ja, nicht zurechtgemacht ... ganz anders gekleidet als wir ... Also, ist nicht böse gemeint, nur eben ...«

Felix war schlagfertiger, er lachte und sagte: »Wenn ich auf so was stehen würde, hätte ich ja auch eine von euch nehmen können.« Er legte den Arm um mich und damit war für ihn die Sache erledigt.

Für mich nicht. Ich war im Schock. Und es half auch nicht, dass Lucilla mir etwas später zuflüsterte: »Ich hab's dir doch gesagt: Kleider machen Leute!«

Ich war völlig durch den Wind. Und zwar auf Dauer. Geistesabwesend saß ich später mit Felix auf der Terrasse und aß ein Truthahnsandwich. Als Felix sich erkundigte, wie das Truthahnsandwich schmecke, fragte ich: »Welches Truthahnsandwich?«

Felix zog eine Augenbraue leicht in die Höhe. »Das mit der Freundinnenverwechslung irritiert dich doch nicht wirklich, oder?«

»Was? Mich? Aber nein! Nicht die Bohne.«

»Gut. Und ich spreche von dem Truthahnsandwich, das du gerade isst.«

»Was ist damit?«, fragte ich und warf einen argwöhnischen Blick auf das Sandwich.

Felix seufzte. Dann lächelte er ganz lieb. »Jojo, ich finde, wir beide passen hervorragend zusammen.«

»Na klar«, nickte ich tapfer und mir fiel der Vortrag meiner Mutter ein. Wenn ich mich recht erinnere, hatte sie irgendwas von anderen Spielregeln gesagt, die in Felix' Kreisen herrschten. Allerdings war jetzt wohl nicht der richtige Zeitpunkt, mich danach zu erkundigen.

Als dann alle in den Pool gingen, sagte ich zu Felix, mir wäre nicht nach Schwimmen zumute, denn mir war eingefallen, dass Lucilla meinen Sonderangebotsbikini ja ebenfalls für clubuntauglich erklärt hatte. Womöglich würde er sich im Wasser eines so schicken Pools auflösen.

Lucilla hatte die Zeit ihres Lebens, sie strahlte und hielt Hof. Sie gab den Mädels Schmink- und Stylingtipps, lauschte fasziniert den Erzählungen von Felix' Freunden über Segeltörns oder Golfturniere. Sie war angekommen. Das war ihre Welt.

Meine nicht.

Felix merkte das natürlich. »Dir gefällt es hier nicht besonders, was?«, fragte er.

»O doch, natürlich, ist alles sehr schick«, beteuerte ich.

Er grinste. »Du kannst mir ruhig die Wahrheit sagen. Ich bin nicht sauer.«

»Wirklich nicht?«

»Nein.«

»Hm. Normalerweise sind die Leute immer sauer, wenn ich die Wahrheit sage.«

»Ich nicht.«

»Du weißt ja noch gar nicht, was ich sagen werde.«

»Ich kann's mir denken.«

»Ach?«

Felix lachte. »Du kannst nichts mit den Leuten hier anfangen. Stimmt's?«

Ich grinste. »Was hat mich verraten? Das ständige Gähnen?« Ich sah mich noch mal kritisch um und fragte Felix dann: »Und dir gefällt es hier?«

Felix nickte. »Ja. Ich bin sozusagen hier aufgewachsen. Ich kenne die Leute von klein auf und sie sind echt nett.«

»Tatsächlich?«, wunderte ich mich. »Ich finde sie eher langweilig.«

Felix zuckte die Schultern. »Okay, man weiß meistens, was sie im nächsten Moment sagen werden, was sie tun werden und so weiter.« Er sah mich an und lächelte. »Und bei dir weiß man das nie. Das ist einer der Gründe, wieso ich dich so toll finde.«

Ich schmiegte mich dankbar an ihn. Er findet mich genau aus dem Grund toll, aus dem andere einen Riesenbogen um mich machen – das ist doch absolut genial!

Gut, dass ich gesagt hatte, dass es mir hier nicht so gut gefällt. Ich sollte öfter die Wahrheit sagen. Na ja, genau genommen hab ich es ja nicht gesagt, sondern er. Aber egal.

»Wollen wir woanders hingehen?«, fragte Felix.

»Wohin?«

»Ins Schwimmbad.«

»Ja, schwimmen wäre super«, nickte ich erfreut. Dann fiel mir ein, dass ich ja genau das vor ein paar Minuten abgelehnt hatte. Ich sah etwas betroffen auf den Clubpool.

»Der Vorteil vom öffentlichen Schwimmbad wären die Pommes«, half er mir. »Die verwenden irgendein Spezialgewürz, sind superlecker.«

»Ja, kenn ich! Allerdings muss man mit den Ketchuptütchen vorsichtig umgehen, die sind sehr widerspenstig.« Ich hatte es noch kein einziges Mal geschafft, eins von den Dingern zu öffnen, ohne mich und meine Umwelt einzuwutzen.

Felix nickte. »Pommes mit Ketchup. Das können die dir hier nicht bieten.«

Ich nickte eifrig. »Genau. Hier gibt's bestimmt bloß Kaviar zu den Pommes.«

Felix lachte.

Ich strahlte ihn an. »Gut, lass uns gehen! Das macht mich hier alles etwas nervös, ich hab dauernd das Gefühl, dass ich mich falsch benehme.«

»Das tust du ja auch meistens …«, sagte Felix. Ich wollte gerade empört aufschnaufen, da fuhr er bereits fort: »… was ich prima finde!«

Ich grinste und stand auf. Doch dann fiel mir was ein. »Und was ist mit Lucilla?«

Wir sahen zu ihr rüber.

Sie saß am Rand des Pools in ihrem superschicken Clubbikini, zwei Mädchen rechts und links neben ihr, im Pool direkt vor ihr planschten zwei weitere Mädels und drei Jungs und die Aufmerksamkeit aller richtete sich eindeutig auf Lucilla. Lucilla war charmant und aufgedreht und plapperte eifrig. Sie hatte neue Freunde gefunden.

Da Lucillas Vater der Leiter vom Presseamt der Stadt ist, ist sie über alle coolen Veranstaltungen und über alle Promibesuche stets vorab informiert. Und zu besonders aufregenden Events darf sie ihren Vater auch schon mal begleiten. Deshalb kann sie spannende Geschichten erzählen und Leute, die auf so etwas stehen, sind fasziniert von ihr.

Ein Mädchen war besonders angetan von Lucillas Erzählungen, sie quietschte alle zwei Minuten »Ist ja irre!« oder »O mein Gott!«. Ich beobachtete sie kritisch. Lucilla sonnte sich in ihrer Bewunderung. Ein unangenehmes Gefühl machte sich in meinem Magen breit. Ist ja schön, dass Lucilla sich so wohlfühlt, aber ich hatte auf einmal Bedenken, dass sie womöglich eine neue *beste* Freundin findet. Das geht nicht, denn diese Stelle ist ja schon vergeben!

»Ich denke, Lucilla kommt prima ohne uns zurecht«, meinte Felix.

»Ja«, nickte ich. Irgendwie war ich darüber nicht besonders glücklich.

Aber das Gefühl verflog, sobald ich mit Felix im öffentlichen Schwimmbad war und ihn erwartungsgemäß mit Ketchup bekleckerte, als ich mein Tütchen aufriss. War aber nicht schlimm, wir trugen ja Badesachen und es stellte sich heraus, dass mein Bikini doch wassertauglich war. Zumindest für öffentliche Schwimmbäder.

Völlig entspannt und gut gelaunt kam ich am späten Nachmittag zu Hause an. Meine Entspannung hielt genau drei Minuten, dann kam Flippi in die Küche und meinte: »Jojo, es gibt ein Problem.«

Ich hob abwehrend die Hände. »O nein, ich will nichts wissen. Mein Leben ist gerade ziemlich friedlich, fast schon gut, also mit anderen Worten *normal.* Und ich will nichts von Problemen hören.«

»Na gut«, meinte Flippi, »wenn es dir egal ist, dass Oskar etwas vor unserer Mutter verheimlicht ...« Sie verließ die Küche wieder.

Dann siegte doch meine Neugierde. Ich lief hinter ihr her. »Worum geht es?«

Flippi blieb stehen, drehte sich um und sah mich streng an. »Tut mir leid, du hast deine Chance verpasst.«

»Welche Chance? Ein Problem zu haben?«

»Nein, kostenlos Informationen von mir zu bekommen.«

»Was soll denn das heißen?«

»Was soll das schon heißen?«, äffte sie mich nach. »Warst du zu lange in der Sonne? Du weißt, was das bedeutet: Wenn es dich jetzt doch interessiert, kostet es dich Geld.«

»Was? Spinnst du? Ich soll Geld bezahlen, damit du mir von einem Problem erzählst?! Vergiss es!« Ich ging wieder zurück in die Küche und hatte schlechte Laune. Na prima. Vor fünf Minuten war ich noch der glücklichste Mensch auf der Erde und nun stand ich plötzlich vor dem geöffneten Schrank und durchsuchte ihn nach Beruhigungstee. Ich erschrak. Oje, meine Mutter hatte mich infiziert!

Ich schloss gerade die Schranktür geräuschvoll, da erschien Flippi erneut in der Küche. »Ich an deiner Stelle würde die Tür nicht so schnell zumachen, vielleicht brauchst du ja doch einen Tee.«

»Wieso? Weil du dich dazu durchgerungen hast, mir zu erzählen, worum es geht, ohne dass ich dafür bezahlen muss?«

»Ja.« Flippi nickte.

Ich sah sie fassungslos an, dann öffnete ich den Schrank wieder und nahm eine Packung Tee raus.

Als Flippi und ich uns mit jeweils einer Tasse Tee

am Küchentisch gegenübersaßen, seufzte meine Schwester tief und sagte dann sehr ernst: »Ich glaube, Oskar hat eine Freundin.«

»Was?!«, quiekte ich und verschüttete etwas Tee. »Nie im Leben! Wie kommst du denn auf eine so dämliche Idee?!«

Flippi seufzte erneut. »Indizien. Und Observation.«

»Jetzt red nicht so kariert, sag, was los ist!«

»Na, hör mal, immerhin musst du für diese Information nicht bezahlen, also nimm es so hin, wie man es dir darbietet.«

Ich verbiss mir eine Bemerkung und hielt meinen Mund.

»Also, wie dir vielleicht nicht entgangen ist, hat sich Oskar in der letzten Zeit immer mal wieder verdrückt unter Vorspiegelung falscher Tatsachen. Nebenbei gesagt, mit sehr dürftigen Erklärungen. Ich hätte ihm weit bessere liefern können, wenn er sich an mich gewandt hätte. Na egal. Jedenfalls ist er immer, sobald Mami aus dem Haus war, verschwunden.«

Ich nickte eifrig. »Genau! Ist mir auch aufgefallen.«

Flippi hob müde die Augen. »Dazu gehört nicht viel Verstand, Hühnerhirn. Da musst du jetzt nicht stolz auf dich sein. – Jedenfalls«, fuhr Flippi fort, »hab ich mich entschieden, ihn zu verfolgen.«

Ich nickte wieder und rief: »Tja, so weit war ich auch schon mal, aber er steigt ins Auto und ist weg.«

»Und?« Flippi wirkte interessiert.

»Was und? Ich kann ja wohl schlecht hinterherlaufen.«

Flippi schnaubte verächtlich. »Laufen? Ich bin mit dem Fahrrad hinter ihm hergefahren.«

»Du kannst mir doch nicht weismachen, dass du in der Lage bist, mit einem Fahrrad ein Auto zu verfolgen!«

Flippi schüttelte den Kopf. »Ach, Jojo! Wir sind nicht auf der Autobahn, wir sind mitten in der Stadt! Wir haben jede Menge Ampeln, schnell fahren darf man eh nicht und man braucht ja sowieso etwas Abstand, wenn man jemanden verfolgt. Das war überhaupt kein Problem.«

Ich knurrte etwas ärgerlich, weil sie so abschätzig mit mir redete, aber ich kommentierte das nicht, schließlich wollte ich jetzt endlich hören, was Flippi entdeckt hatte.

»Also, jedenfalls war sein Ziel stets das gleiche: Immenhof 20.«

»Okay. Dann müssen wir jetzt nur noch rauskriegen, wer dort wohnt.«

Flippi verdrehte die Augen. »Ich bin doch kein Anfänger!«

»Also?«

»Eine gewisse Melinda Mellenkamp. Gut aussehend. In Mamis Alter. Und: frisch geschieden! Dort verbringt Oskar jetzt seine Freizeit.«

Mir fiel die Kinnlade runter und ich starrte Flippi an. »Nein«, flüsterte ich schließlich. »Das kann doch nicht sein!«

Flippi holte tief Luft. »Tja, Schwesterherz, ich befürchte, wir werden was unternehmen müssen!«

»Was denn?«

»Na, dieser Affäre ein Ende setzen. Wir geben Oskar doch nicht kampflos auf!«

Ich schüttelte heftig den Kopf, dann nickte ich, rief passend dazu erst mal »Nein!«, kurz darauf »Ja!«.

»Also was jetzt?«

»Ich bin dabei«, rief ich überlaut.

»Und was war das mit dem Nein?«

»Das *Nein* war auch ein *Ja*. Ich hab Nein gesagt, weil ich meinte: Nein, wir geben Oskar nicht auf. Also: Ja, ich bin dafür, dass wir was unternehmen«, plapperte ich aufgeregt.

»Also ich weiß nicht, ob du in diesem Zustand wirklich sehr nützlich bist«, sagte Flippi und beäugte mich kritisch.

»Doch, ich bin nützlich. Sag mir, was ich tun soll!« Ich war wirklich völlig von den Socken. Oskar und eine andere Frau, das war ja furchtbar! So ein hinterhältiger Kerl! »Na, dem werde ich aber die Meinung geigen, das kannst du mir glauben!«, schimpfte ich, weil ich auf einmal superwütend auf Oskar war. Er zerstörte hier unsere Familienidylle. Na, gut, Idylle ist ein weiter Begriff, aber, hey, er kann doch nicht einfach …! »Wo ist der Verräter?«, rief ich kampfbereit.

»Na, wo wohl? Dreimal darfst du raten.«

»Ich geh da sofort hin und brülle ihn an, dass ihm die Haare geföhnt nach hinten stehen!« Ich sprang auf.

Flippi sprang ebenfalls auf, aber nicht, um mir zu folgen, sondern um mich energisch am Arm zu zerren und ärgerlich zu schimpfen: »Jetzt dreh mal nicht gleich durch, verflixt! Beruhig dich, du machst sonst alles nur noch schlimmer.«

»Was soll denn da noch schlimmer werden!«

»Setz dich wieder«, befahl Flippi. Dann schüttelte sie den Kopf und meinte: »Du bist so naiv, so unreif und absolut unklug.«

»Ach? Aber du weißt jetzt genau, was zu tun ist?«, fragte ich spöttisch, während ich mich wieder auf den Stuhl sinken ließ.

»Ja. Und glaub mir, wenn ich nicht deine Hilfe bräuchte, würde ich dich da komplett raushalten. Du bist ein Sicherheitsrisiko.«

Ich stöhnte auf. »Jetzt ist genug mit deinen Beleidigungen, sag, was du vorhast.«

»Wir werden supernett zu ihm sein.«

»Bitte? Als Dank, oder was?« Ich fasste es ja nicht!

»Nein, du Tütensuppenhirn, um ihm zu zeigen, was er aufgibt, wenn er uns verlässt. Wir werden die perfekten Kinder sein, höflich, gehorsam, hilfsbereit, stets bestens gelaunt und so weiter. Wir werden dafür sorgen, dass Oskar sich hier so wohlfühlt, dass er das Haus gar nicht mehr verlassen will!«

Nun musste ich erst mal versuchen, die ganze Sache irgendwie zu verdauen. »Also ich soll jetzt zu jemandem nett sein, auf den ich superwütend bin?«

»Genau! Das ist der Plan. Ein grandioser, teuflischer Plan. Hach!«

Ich verstand immer noch nur Bahnhof.

»Denk nach!«, forderte Flippi mich auf.

»Tu ich doch.«

»Na, dann müsstest du jetzt langsam aber mal draufkommen, dass der Plan wirklich genial ist.«

»Hm«, machte ich, denn so schnell konnte ich meine Empörung nicht aufgeben. »Was ist mit Mam?«

»Kein Wort zu ihr!«, sagte Flippi in einem Ton, der keine Diskussion erlaubte. »Ich hab alles gedanklich durchgespielt. Wir müssen sie da raushalten.«

»Also, wir sagen Oskar nichts, im Gegenteil, wir sind sogar besonders nett zu ihm. Und Mam dürfen wir auch nichts sagen?«, versuchte ich, Flippis Plan zusammenzufassen.

»Jetzt hast du es kapiert«, nickte Flippi.

Irgendwie war das verwirrend für mich. Gerade hatte ich durch Felix festgestellt, dass es doch eine ziemlich gute Idee sein kann, zu sagen, was man denkt oder fühlt. Ich hatte in der letzten Zeit wirklich gute Erfahrungen mit der Wahrheit gemacht. Und nun sollte ich diese Erkenntnis wieder über Bord werfen und eine Information von einem solchen Ausmaß einfach verschweigen?

»Wenn du Leute manipulieren willst, kannst du nicht dein Wissen preisgeben«, sagte Flippi noch einmal, wahrscheinlich weil sie immer noch einen Widerstand bei mir spürte. Sie wurde ungeduldig, als ich nicht antwortete. »Lass es mich mal für dich ganz schlicht formulieren: Willst du, dass Oskar uns verlässt?«

»Nein!«, rief ich nachdrücklich.

»Okay, dann tu, was ich sage. Sei besonders nett und verträglich in der nächsten Zeit.«

»Und du?«, erkundigte ich mich.

Flippi zog ein Gesicht. »Ich werde das wohl oder übel auch machen müssen.« Sie schüttelte sich leicht. »Uh, das geht echt gegen meine Natur. Aber ich bin eine gute Schauspielerin.«

Sonntag, 24. August, vor dem Frühstück ....

Unserem Plan entsprechend hatten Flippi und ich gestern Abend die Küche aufgeräumt, den Tisch fürs Abendessen gedeckt und erwarteten mit superfreundlichen Gesichtern die Ankunft von Oskar und meiner Mutter.

Oskar kam kurz vor unserer Mutter nach Hause. Er wunderte sich etwas darüber, dass wir uns im Haushalt nützlich gemacht hatten, freute sich dann aber riesig. Ich war nicht in der Lage, ihn anzusehen, aber Flippi war meganett zu ihm, das reichte für uns beide.

Als unsere Mutter dann eintraf und Oskar ihr erzählte, wie lieb wir doch wären, ihnen Arbeit abzunehmen, war sie ganz und gar nicht erfreut, sondern sah uns ausgesprochen misstrauisch an. »Okay«, meinte sie dann, »was habt ihr angestellt?«

Unsere wahrheitsgetreue Beteuerung »Nichts!«

fiel bei ihr nicht auf fruchtbaren Boden. Sie glaubte uns kein Wort. Es folgte ein Verhör, erfolglos natürlich, und für den Rest des Abends beobachtete sie Flippi und mich argwöhnisch, stellte Fangfragen und sagte schließlich: »Glaubt bloß nicht, dass ihr so einfach davonkommt. Ich krieg schon raus, was hier los ist! Allein die Tatsache, dass ihr beide euch nicht streitet, gibt mir bereits zu denken.«

Sie ließ sich auch nicht von Oskar besänftigen, der immer wieder versuchte, sie zu beruhigen. Leider mit den Worten: »Aber, Isolde, sei doch nicht so misstrauisch. Freu dich doch einfach, dass die Mädchen so nett sind. Du tust ihnen unrecht.«

Das führte bei mir dazu, dass ich ein schlechtes Gewissen bekam, und nur noch betreten auf den Boden blickte, weil ich mich mies fühlte.

Meiner Mutter entging das natürlich nicht. »Sieh dir mal Jojo an, der ist das schlechte Gewissen ins Gesicht geschrieben!«, rief sie.

Das wiederum animierte Flippi, mich kräftig unterm Tisch zu treten und mir einen bitterbösen Blick zuzuwerfen. Ich wollte sie anbrüllen, entschied mich aber dagegen, als meine Mutter mich erwartungsvoll ansah. Nein, den Gefallen tat ich ihr jetzt nicht! Ich verfiel in eisernes Schweigen, während Flippi aufs Entzückendste zwitscherte und fröhliche Geschichten erzählte. Sie trug definitiv zu dick auf, selbst Oskar machte plötzlich ein zweifelndes Gesicht.

Als Flippi und ich später die Treppe hoch in unsere Zimmer gingen, zischte ich: »Blöde Idee von dir, du hättest wissen müssen, dass Mam es nicht einfach hinnimmt, wenn wir beide nett sind und uns nicht streiten. Wir müssen uns was anders einfallen lassen.«

»Hab ich schon längst, ich bin dir um Lichtjahre voraus.«

»Was hast du vor?«

»Ach, ich brauch dich nicht mehr, du bist raus. Du hast dich eben da drin nicht gerade mit Ruhm bekleckert.« Damit verschwand sie in ihrem Zimmer.

Na toll, Oskar baut Mist und auf mich ist Flippi sauer!

Sonntag, 24. August, vormittags

Als ich heute Morgen in die Küche kam, frühstückten Flippi und meine Mutter bereits.

»Wo ist Oskar?«, fragte ich mit missbilligendem Unterton in der Stimme.

»Weg. Er hatte zu tun«, meinte Flippi nur.

»Sonntags?«, schimpfte ich. »Pah, nicht mal am heiligen Familiensonntag verbringt er seine Zeit mit uns?!«

Ein böser Blick von Flippi stoppte mich.

Meine Mutter sah mich irritiert an. »Seit wann legst *du* denn darauf Wert, Zeit mit uns zu verbringen?«

»Seit … schon immer.«

»Nein, meine Liebe, das ist neu.«

»Dann ist es eben neu. Ich finde, Oskar sollte sich nicht rumtreiben!«

Meine Mutter sah mich empört an. »Na hör mal, wie redest du denn? Oskar treibt sich nicht rum, er hilft einem Bekannten beim Umzug.«

»Ach was!«

»Und ich finde, das geht dich Käsekuchen an. Du solltest dich da raushalten!«, fauchte Flippi und starrte mich an.

Ich starrte zurück, ging aber etwas vorsichtiger vor, als ich mich nun an meine Mutter wandte. »Oskar hat dir also heute früh erzählt, er muss jemandem beim Umzug helfen?«

»Nein. Ich hab ihn noch nicht gesprochen, denn er musste ganz früh raus. Er hat es Flippi gesagt und sie hat es mir gesagt. Wieso ist das denn so wichtig für dich?«

Flippi zischte gefährlich in meine Richtung.

Eine Zeit lang sahen wir uns wie Kampfhähne an, dann sagte ich schließlich: »Ach egal. Haben wir Brötchen da?«

Meine Mutter deutete auf den Brotkorb. »Oskar hat welche geholt.«

Ich seufzte und setzte mich an den Tisch. Wir wiederholten dieselbe Prozedur wie gestern Abend: Ich schwieg und Flippi plauderte aufs Freundlichste.

Als meine Mutter die Küche verließ, beugte ich

mich sofort zu Flippi und forderte eine Erklärung, wieso sie Oskars Ausreden deckte.

»Das gehört zum Plan.«

»Ich dachte, der Plan ist aufgehoben?«

»Ich rede von Plan B.«

»Und der wäre?«

Flippi atmete tief ein und lehnte sich zurück. »Der geht dich eigentlich nichts an, aber ich hab heute meinen netten Tag. Als Oskar heute früh aus dem Haus gehen wollte, hab ich ihn abgefangen und zur Rede gestellt.«

»Und?«

Flippi zuckte die Schultern. »Er hat mir alles erklärt und mich dann zum Stillschweigen verdonnert.«

»Und darauf lässt du dich ein?«

»Wieso nicht?«

»Wie viel hat er gezahlt?«

Flippi zuckte leicht zusammen, meinte dann aber: »Das ist nicht nur eine Frage des Schweigegeldes, sondern auch der Solidarität. Ich bin Oskar nur behilflich.«

»Gott, Flippi, wovon redest du? Du bist ein gewissenloser Verräter! Du machst dich mitschuldig. Schande über dich!«

»Oh, Jojo, jetzt blase dich nicht so auf. Es ist sowieso ganz anders. Oskar stellt nichts Schlimmes an.«

»Ja, klar, das sagst du jetzt, wo du dich von ihm bestechen lässt!«

Flippi machte ein sehr unzufriedenes Gesicht.

»Ich bereue echt, dass ich überhaupt mit dir darüber gesprochen habe. Hör zu, Jojo, vergiss alles, was ich dir gesagt habe. Das ist alles bloß ein Missverständnis. Okay?«

Ich sah Flippi voller Verachtung an. Dann stand ich auf und verließ die Küche. Also wirklich, das hätte ich nie von Flippi gedacht! Gut, wenn sie also jetzt nichts mehr unternahm, dann war es wohl an mir, die Ehe von Oskar und meiner Mutter zu retten.

Nur – wie?

Sonntag, 24. August, nachmittags

»Das hab ich jetzt nicht so ganz verstanden«, meinte Lucilla. »Also deine Freundin weiß nichts davon, dass ihr Freund eine andere hat, aber du weißt es?«

»Genau.«

»Und deine Frage?«

»Meine Frage war: Was soll ich tun?«

Ich saß in Lucillas Zimmer auf ihrem Bett, während sie unentwegt Kleider heraussuchte, Outfits zusammenstellte und sie dann wieder verwarf.

Ich hatte mich nach dem Frühstück zu Lucilla geflüchtet und ihr von meinem Dilemma erzählt, weil ich Rat brauchte. Selbstverständlich hatte ich ihr nicht erzählt, dass es sich um meine Mutter und Oskar handelte, sondern eine Freundin erfunden, die von ihrem Freund hintergangen wird.

Lucilla stoppte ihre Kleiderauswahl, drehte sich zu mir um, legte den Kopf schief und sah mich an: »Sag mal, um welche Freundin geht es denn eigentlich?«

»Oh, kennst du nicht.«

»Ich kenne alle deine Freundinnen!«

»Es ist eine Brieffreundin«, wich ich aus.

»Ach, so was gibt's noch?«

»Na gut, eine E-Mail-Freundin.«

»Und woher kennt ihr euch?«

»Lucilla, bleib mal bei der Sache, ich muss wissen, was ich jetzt tun soll!«

Lucilla hob abwehrend die Hände. »Okay, okay, reg dich nicht auf. Ich will eigentlich nur sicherstellen, dass es sich nicht um *dich* handelt.«

»Was, wieso um mich?

»Na, man schiebt doch öfter mal eine ...« Sie machte mit den Fingern Anführungszeichen in die Luft, bevor sie weitersprach. »... eine *Freundin* vor, wenn man nicht sagen, will, dass es um einen selbst geht.«

»Im Ernst?«

»Ja.«

»Nein. Es geht nicht um mich.«

Lucilla nickte mit Bedacht, dann fragte sie lauernd: »Geht es um mich?«

»Um dich? Aber nein, wie kommst du denn auf so etwas!«

Lucilla zuckte die Schultern. »Also du bist sicher, dass es sich bei deiner Freundin nicht um *mich* handelt.«

»Ja, Himmel noch mal!«

»Hm«, machte Lucilla und dachte nach.

»Das ist also ein echtes Problem, keine Falle oder so?«, fragte sie dann.

»Falle? Wieso sollte ich dir eine Falle stellen!«, jaulte ich, stöhnte auf und sank in mir zusammen. Wieso hatte ich nur die blöde Idee gehabt, Lucilla um Rat zu fragen!

»Okay.« Lucilla ließ die Kleider Kleider sein und setzte sich zu mir aufs Bett. »Also, in einem solchen Fall sollte man die Freundin darüber informieren und mit ihr gemeinsam dann die Rivalin zur Rede stellen.«

»Wirklich? Sollte ich nicht erst mal mit Os… mit dem Typen drüber reden?«

»Was soll das bringen? Entweder streitet er es ab oder er wird in Zukunft einfach nur vorsichtiger sein. Du musst zum Verursacher des Problems gehen und die Rivalin ausschalten.«

»Also wie ich das sehe, ist der Typ der Verursacher.«

»Nein, immer das Mädchen. Jungs sind sehr leicht zu beeindrucken und haben sehr wenig Widerstandskräfte, sie sind Mädchen hilflos ausgeliefert.«

»Ach was!«

»Glaub mir, das kannst du in allen Zeitschriften nachlesen.«

»Hm, ich weiß nicht. Muss ich mich da überhaupt einmischen? Genügt es nicht, wenn ich meiner … Freundin sage, was ich weiß, und dann ist es ihre Sache?«

»Also wenn du eine echte Freundin bist, dann musst du ihr zur Seite stehen.«

Ich seufzte. Galt das auch für Mütter und Töchter? Oder gab es da andere Regeln? Keine Ahnung. Und fragen wollte ich nicht. »Aber was sagt man dann der Rivalin so?«

»Ich würde ihr was Schlimmes über den Typen erzählen, zum Beispiel dass er schlecht über sie redet, sich über sie lustig macht oder so, dann wird sie ihn in den Wind schießen und die Sache ist erledigt. Außerdem ist es gut, wenn er mal eine heftige Abfuhr bekommt.«

Ich sagte nichts, starrte nur so vor mich hin.

Lucilla stand wieder auf. »War's das?«

Ich nickte.

»Gut, dann kommen wir jetzt mal zu meinem Problem.«

Ich sah interessiert auf. Lucilla hatte auch ein Problem?

»Worum geht's?«

»Outfit. Was ziehe ich zu einer Bootsparty an?«

»Was für eine Bootsparty?«

»Rafaels Vater hat ein neues Boot gekauft, na ja, es ist kein normales Boot, es ist eine Jacht. Sehr edel. Und heute ist dort eine Einweihungsparty. Cool, was?«

»Wer ist Rafael?«

»Ein Junge aus dem Club. Total süß. Du hast ihn doch gestern auch kennengelernt.«

»Ich hab niemanden kennengelernt.«

»Na, kein Wunder, du hast dich ja auch ziemlich schnell verdrückt. Du nutzt einfach keine Chance, deinen Freundeskreis zu erweitern, Jojo. Du musst etwas aufgeschlossener sein. Die Clique von Felix ist echt nett. Heute treffen wir uns alle wieder, Party auf der Jacht.«

»Oh.«

»Ihr kommt doch auch, oder?«

»Weiß nicht, Felix hat nichts davon gesagt.«

»Na, wird er noch. Wahrscheinlich will er dich damit überraschen. Es geht ja erst um drei los. Und gib dir diesmal etwas mehr Mühe mit deinem Outfit. Am besten leihe ich dir was von meinen Sachen.« Lucilla begann sofort, ein paar Tops rauszusuchen, die sie mir vorhielt, während sie abwägend den Kopf hin und her wiegte. Schließlich drückte sie mir ihre Auswahl in die Arme: Poloshirt, Shorts, einen teuren Gürtel, eine elegante Sonnenbrille und Segelschuhe.

Ich ließ alles geschehen, ich war nämlich etwas abgelenkt. Felix hatte nichts von einer Party auf einer Jacht erzählt. Dabei hatte er mich heute früh angerufen, um mich zu fragen, ob ich heute Nachmittag Lust hätte, wieder ins Schwimmbad zu gehen. Hm. Vielleicht wollte er mich wirklich überraschen. Gott sei Dank wusste ich jetzt Bescheid und konnte mich aufbrezeln, damit ich nicht wieder wie ein Aschenputtel neben den anderen rumstand.

Lucilla hatte sich inzwischen für ein Outfit entschieden und sah wirklich toll aus. Sie drehte sich vor mir hin und her und fragte: »Na, was meinst du?«

»Du siehst aus, als hättest du nie etwas anderes getan, als auf Jachtpartys zu gehen«, grinste ich.

Lucilla strahlte. »Ich muss jetzt los, Jojo. Kann ich noch was für dich tun? Ist dein Problem jetzt gelöst?«

»Ähm, ja. Nein, alles okay.« Ich sah auf die Uhr. »Du hast noch ewig Zeit, wieso willst du jetzt schon los?«

»Oh, ich treffe mich mit den Mädels vorher im Club, wir lunchen dort und danach gehen wir gemeinsam zur Party.«

»Lunchen?«

Lucilla zuckte die Schultern. »Mittagessen.«

»Aha«, sagte ich etwas zögernd. Dann fragte ich: »Schon was von Valentin gehört?«

»Ja, geht ihm prima. Seine Oma freut sich, dass er da ist.« Lucilla stand in der Tür und sah mich auffordernd an. »Also bis später«, sagte sie und küsste mich rechts und links auf die Wange, als ich aufgestanden war.

»Wow!«, machte ich und trat einen Schritt zurück. »Wir sind doch hier nicht im Club.«

»Ach, sorry«, sagte Lucilla unbekümmert, »dumme Angewohnheit von mir.«

Von wegen dumme Angewohnheit! Das hatte sie, außer als wir den Schüleraustausch mit Frankreich hatten, noch nie gemacht.

Aber ich sagte nichts. Immerhin hatte sie mich ja gerade freundlicherweise mit Designerklamotten ausgestattet, die mich in die erste Liga der Reichen und Schönen katapultierten.

Auf dem Heimweg dachte ich darüber nach, ob es wirklich eine gute Idee war, meiner Mutter von Oskars Eskapaden zu erzählen und dann mit ihr gemeinsam bei Melinda Mellenkamp aufzutauchen und die dumme Pute zur Schnecke zu machen. Vielleicht sollte ich meine Mutter da einfach raushalten und die Sache alleine klären. Irgendwie war ich keinen Schritt weitergekommen.

Sonntag, 24. August, abends

Ich sah umwerfend gut aus in Lucillas Sachen. Kleider machen wirklich Leute. Es war verrückt, es waren ja bloß Shorts, Schuhe, Gürtel und ein Hemdchen, aber alles zusammen wirkte tatsächlich … reich irgendwie. Vor allem als ich dann noch die Sonnenbrille aufsetzte.

Im Haus eine Sonnenbrille zu tragen ist keine so gute Idee. Es schränkt die Sicht ein. Als es klingelte und ich eilig die Treppe runterrannte, um Felix die Tür zu öffnen, übersah ich leider die gefüllte Einkaufstüte, die meine Mutter neben der Treppe abgestellt hatte, stolperte und segelte quer durch den Flur auf die Tür zu. Das wäre ja nicht so schlimm gewesen, wenn nicht meine Mutter im Flur gestanden und die Tür bereits geöffnet hätte. Dadurch hatte Felix einen Logenplatz für meinen ziemlich tollpatschigen Auftritt.

»Wow!«, rief er und lachte: »Du hast es ja eilig, mich zu begrüßen. Soll ich mich auch auf den Boden legen oder möchtest du lieber aufstehen?«

Aber meine Mutter hatte mich schon in die Höhe gezerrt und schimpfte: »Jojo, was soll der Unfug? Geh die Treppe langsam runter und setz die Sonnenbrille ab.«

Also das braucht kein Mensch, vor dem Freund wie ein Kleinkind getadelt zu werden! Ich sah sie böse an.

»Hey, du siehst ja schick aus!«, rief Felix schnell, weil er die Spannung spürte, die in der Luft lag.

Ich drehte mich zu ihm, strahlte stolz, dann meinte ich lässig: »Was, das olle Zeugs?« Ich winkte ab. »Hab nur schnell was übergeworfen.«

»Wo hast du denn die Sachen her?«, wunderte sich meine Mutter, während sie mich musterte.

Langsam übertrieb sie aber! Was hatte sie vor? Mich vollends vor Felix bloßzustellen? Okay, also ihre Eheprobleme mit Oskar konnte sie selber lösen, ich war raus! Da wandte ich mich lieber an Felix. »Können wir gehen?« Ich machte einen Schritt aus dem Haus.

Felix stoppte mich. »Wo hast du denn deine Badesachen?«

»Was meinst du?« Die Jacht hatte ja wohl keinen Pool, oder?

»Na, Handtuch, Bikini und so weiter? Für das Schwimmbad.«

»Ach, für das Schwimmbad«, sagte ich. Offensichtlich wollte er mich bis zum letzten Moment im Glauben lassen, wir gingen ins Schwimmbad. Ich lächelte. »Natürlich, für das Schwimmbad«, nickte ich, lief wieder hoch, packte meine Sachen und sauste zurück zu Felix.

»So, dann machen wir uns jetzt also auf den Weg zum ›Schwimmbad‹«, grinste ich, als wir das Haus verließen.

»Alles okay?«, fragte Felix etwas irritiert.

»Alles in bester Ordnung«, nickte ich und musste etwas kichern. »Ich freue mich aufs ›Schwimmbad‹.«

Felix kommentierte das nun nicht mehr, sondern erzählte, während wir uns auf den Weg machten, von seinem letzten Segeltörn mit seinem Vater und ein paar Freunden. Er klang ziemlich begeistert, ich hatte keine Ahnung, wovon er sprach, nickte aber immer wieder und sagte so Sachen wie »Toll!«, »Klasse!« oder »Ist ja irre!«. Dabei fiel mir auf, dass ich wirklich keine Ahnung von den Dingen hatte, die ihn interessierten. Meine Mutter hatte recht: Er lebt in einer anderen Welt.

Dann standen wir plötzlich vorm – Schwimmbad. Wie lange wollte er denn dieses Spiel noch aufrechterhalten? Felix kaufte Eintrittskarten und reichte mir eine.

Ich sah ihn ungläubig an. »Wir gehen ins Schwimmbad?!«, fragte ich.

Felix wirkte etwas verunsichert. »Jojo, jetzt mach ich mir aber langsam Sorgen um dich. Bist du sicher, dass du dir bei deinem Sturz vorhin nicht den Kopf angestoßen hast?«

»Was soll denn das heißen?«

»Na hör mal, wir hatten verabredet, dass wir ins Schwimmbad gehen, wir sind zusammen den Weg hierher zum Schwimmbad gegangen und jetzt wunderst du dich, dass wir ins Schwimmbad gehen?«

Ich legte die Stirn in Falten und dachte nach. Was sollte das? Wieso wollte er nicht mit mir zu der coolen Jachtparty? War ihm wohl peinlich, mit mir gesehen zu werden. Er denkt wahrscheinlich, dass ich mich dämlich benehmen werde und ihn blamiere. Dass ich eben nicht in seine Kreise passe. Na toll!

Missmutig nahm ich ihm eine Eintrittskarte aus der Hand und betrat das Schwimmbad. Felix eilte hinterher.

»Jojo, ich fände es wirklich gut, wenn du mir sagen würdest, was los ist. Was hast du denn?«

Ich kämpfte mit mir. Die Antwort »Es ist alles okay, ich hab nix!« lag mir bereits auf der Zunge. Aber das entsprach ja nun wirklich nicht der Wahrheit. Auf der anderen Seite wollte ich auch nicht zugeben, dass ich erwartet hatte, wir würden auf die Party seines Freundes gehen. Das wäre nun wirklich peinlich. »Wieso bist du eigentlich nicht mit deiner Clique zusammen?«, fragte ich deshalb.

Felix blieb überrascht stehen. »Ist das ein Vorwurf?«

»Nein, nur eine Frage.«

Felix klang nicht besonders freundlich, als er

sagte: »Okay, die Antwort lautet: Weil ich lieber Zeit mit dir verbringe. Ich hoffe, das ist kein Problem für dich.«

Eigentlich nicht. Genau genommen war es sogar superlieb. Aber trotzdem.

»Wieso bist du nicht auf dieser Jachtparty?«

»Selbe Erklärung: Ich wollte lieber mit dir zusammen sein.«

»Du hättest mich ja ... mitnehmen können ...«

»Aber du magst die Leute doch gar nicht.«

Ich sah ihn erstaunt an. »Ach, das ist der Grund? Und es hat nichts damit zu tun, dass ich dir peinlich bin oder so?«

»Bitte?«

»Na, weil ich nicht zu euren Kreisen gehöre. Weil wir nicht reich sind.«

»Du glaubst, das wäre mir erst gestern aufgefallen? Jojo, wir kennen uns seit Wochen, ich war bei dir zu Hause und es ist mir nicht entgangen, dass ihr keine Millionäre seid. Danach suche ich mir doch nicht meine Freundin aus! Es ist mir egal, wie viel Geld jemand hat.«

»Oh. Echt?«

Felix schüttelte den Kopf, dann lachte er und nahm mich in den Arm. »Eigentlich sollte ich jetzt sauer sein, dass du mir unterstellst, derart oberflächlich zu sein.«

»Tut mir leid«, murmelte ich.

»Woher weißt du überhaupt von der Party?«

»Von Lucilla. Sie geht hin. Sie findet es super.«

Felix grinste. »Ja, das passt, sie steht auf so was. Möchtest du auch hin? Wir können gerne gehen, wenn du möchtest.«

Ich schüttelte den Kopf und war wieder bester Laune. »Nein, Schwimmbad ist prima.« Nachdem wir einen Platz gefunden und uns auf unsere Badetücher gesetzt hatten, kramte ich nach meiner Sonnencreme und fragte Felix: »Soll ich dir den Rücken einschmieren?«

Er nickte.

Ich schraubte den Deckel auf, drehte die Tube um, hielt die Hand darunter und drückte drauf. Es kam nichts raus. »Funktioniert nicht«, meinte ich. »Ist vielleicht verstopft.«

Wenn man überprüfen will, wieso aus einer Sonnencremetube nichts rauskommt, obwohl sie voll ist, sollte man zwei Dinge nicht tun:

A) in die Öffnung reinschauen (bringt nämlich eh nichts!);

B) während des Reinschauens auf die Tube drücken.

Das weiß ich jetzt. Denn mit einem Plopp entstopfte sich die Tube und ein Schwall Creme schoss mir ins Auge. Ich quiekte und jammerte. Felix führte mich zum Erste-Hilfe-Häuschen. Mit meinem noch sehfähigen Auge konnte ich erkennen, dass er sich das Lachen verkneifen musste.

Montag, 25. August

Als ich heute Morgen in die Küche kam, war meine Mutter schon dabei, den Tisch zu decken. »Guten Morgen, Jojo«, begrüßte sie mich. »Da wir beide gerade alleine sind, kannst du mir ja vielleicht mal erzählen, was los ist.«

Ich erschrak. »Was soll los sein? Nichts. Alles okay.«

»Du verheimlichst mir etwas«, sagte sie und setzte diesen mütterlichen Röntgenblick auf.

»Ähm, was denn?«

Sie verdrehte die Augen. »Wenn ich es wüsste, müsste ich dich ja wohl nicht fragen.«

»Na ja«, meinte ich ausweichend und versuchte, Zeit zu gewinnen. »Manchmal fragst du so was auch, um festzustellen, ob wir die Wahrheit sagen.«

»Stimmt«, gab sie zu. »Aber jetzt weiß ich es nicht und ich würde es gerne erfahren.«

Hm. Ich dachte nach. Was stand an? Ich hielt ständig irgendwelche Dinge vor meiner Mutter geheim, was könnte ich zugeben, ohne allzu viel Ärger zu bekommen? Da wäre einmal die Sache mit Oskars Freundin. Nein, auf keinen Fall. Auf ein solches Gespräch war ich jetzt nicht vorbereitet. Was noch? Irgendetwas regte sich da noch ganz hinten in meinem Gedächtnis. Ach ja, die Tatsache, dass Felix doch Felix Sternberg war. Sonst noch was? Mir fiel nichts ein. Die Sache mit der Sonnencreme? Ja, damit könnte ich es probieren. »Ich wollte es eigentlich nicht erzählen, aber gestern musste mich Felix im Schwimmbad zum Erste-Hilfe-Häuschen bringen, weil ich mir Sonnencreme ins Auge gespritzt hatte.«

Ihr Blick verfinsterte sich leicht. »Wieso tust du so etwas?«

»Aus Versehen. Ich hab's doch nicht aus Absicht gemacht.«

Sie schüttelte den Kopf. »Welches Auge war es?«

Ich deutete darauf.

»Was haben sie gemacht?«, fragte sie und untersuchte mein Auge.

»Ausgespült und mir Augentropfen gegeben.«

»Es ist noch leicht gerötet«, stellte sie fest.

»Ja, aber es brennt nicht mehr.«

Sie trat wieder einen Schritt zurück und heftete erneut ihren Blick streng auf mich. »Das meine ich aber nicht. Du verhältst dich schon seit ein paar Tagen sehr merkwürdig.«

Ich seufzte. Was würde ich als Nächstes preisgeben? Felix oder Melinda?

»Ich hab meine Hausaufgaben nicht gemacht«, fiel mir dann plötzlich ein.

»Du hast Ferien.«

»Oh, ach ja. Ähm, ich meinte ja auch vor den Ferien«, versuchte ich mich rauszureden.

»Jojo!«

»Was hat sie schon wieder angestellt?«, fragte Flippi, die gerade in die Küche gekommen war und den Schrank nach Gummibärchen durchstöberte.

Ich drehte mich zu ihr und fauchte: »*Sie* hat nichts

angestellt, aber Mam meint, *sie* verheimliche was vor ihr.« Ich warf meiner Schwester einen bedeutungsvollen Blick zu.

Flippi flüsterte mir zu: »Ich übernehme das.« Sie schnappte sich die Tüte mit den Gummibärchen und setzte sich an den Tisch.

Ich ließ mich erleichtert auf einen Stuhl sinken und bestrich einen Toast mit Marmelade.

»Was übernimmst du?«, erkundigte sich meine Mutter misstrauisch bei Flippi.

»Ich übernehme es, dir zu erzählen, was Jojo vor dir verheimlicht.«

Nun setzte ich mich alarmiert auf. Was sollte das denn?

Flippi hatte die Gummibärchen in eine Schüssel gefüllt und schüttete in Seelenruhe Orangensaft darüber. Dann löffelte sie ihr Gemisch.

Meine Mutter fixierte Flippi abwartend.

Die sah auf und meinte völlig arglos: »Ach, du willst es jetzt sofort wissen?«

Statt einer Antwort zog meine Mutter ein genervtes Gesicht.

»Ich würde es auch gerne wissen«, sagte ich mit leicht drohendem Unterton in der Stimme.

Flippi unterbrach ihr Essen und lehnte sich zurück. »Wenn ich es mir recht überlege, ist es vielleicht doch besser, wir überlassen es Jojo, ihr Geheimnis zu lüften.«

Ach? Auf einmal! Ihr war wohl nichts eingefallen.

Bevor meine Mutter etwas erwidern konnte, meinte Flippi in Erziehungsratgeberton: »Aber ich denke, wir sollten warten, bis sie so weit ist. Es bringt nichts, Kinder dazu zu zwingen, zu sagen, was sie bewegt. Sie müssen von sich aus bereit sein, über ihre Probleme zu sprechen.« Dann lächelte Flippi mich milde an. »Du wirst dich deiner Mutter doch anvertrauen, nicht wahr? Du weißt, dass du jederzeit mit ihr reden kannst.«

Meine Mutter nickte Flippis salbungsvolles Gerede ab und sah mich ermunternd an.

Ich öffnete den Mund, um etwas zu sagen, aber Flippi kam mir zuvor. »Es muss nicht jetzt sein, nimm dir ruhig noch ein paar Tage Zeit.«

Meine Mutter wandte sich an Flippi. »Ich glaube, sie wollte aber jetzt gerade etwas sagen.«

Flippi zuckte die Schultern. »Wahrscheinlich weil sie sich unter Druck gesetzt fühlt. Wir sollten sie wirklich nicht drängen.«

Meine Mutter nickte. Dann wandte sie sich an mich. »Ich bin immer für dich da.«

Ich konnte nur »Ja, ich weiß, danke!« murmeln. Die Situation nervte mich. Es war so, als stünde ein grüner Elefant bei uns in der Küche, und wir alle taten so, als würden wir ihn nicht sehen. Ich wollte da nicht mehr mitspielen und fragte meine Mutter: »Wo ist Oskar?«

»Der musste heute ganz früh schon raus, ein Freund von ihm ist mit dem Auto liegen geblieben. Oskar holt ihn ab. Ich sehe ihn nachher im Theater. Wieso fragst du?«

»Na ja, ich, ähm …«

Flippi unterbrach mich. »Jojo hat nur Angst um ihr Frühstück, aber das kann sie sich ja wohl ausnahmsweise mal selbst machen, so wie alle anderen auch.« Sie warf mir einen Blick zu, der eindeutig sagte: Halt bloß den Mund!

Ich schüttelte den Kopf, schob mir den Rest Toast in den Mund und meinte: »Wie du siehst, hab ich bereits gefrühstückt – bei dir kann davon ja wohl kaum die Rede sein, wenn du Gummibärchen in Fruchtsaft ertränkst.«

Flippi löffelte sich ungerührt ihre Mischung in den Mund. »Ich achte eben auf meine Vitaminzufuhr, meine Liebe!«

Ich sah meine Mutter an und deutete auf Flippi. »Willst du dazu nicht etwas sagen?«

Meine Mutter blickte auf Flippis Schüssel und schüttelte sich. »Grauenvoll. Aber wenigstens sind im Orangensaft tatsächlich Vitamine.«

»Wenn Oskar da wäre, würde er sie dazu bringen, was Ordentliches zu essen.«

»Oskar ist aber nicht da«, meinte Flippi.

»Ja, eben«, sagte ich mit Unterton und sah Flippi scharf an.

»Lass es!«, zischte sie.

»Hört auf, euch dauernd zu streiten«, bat meine Mutter. »Vermisst du Oskar, Jojo?«

»Ja«, sagte ich, seufzte, stand auf und ging.

Flippi folgte mir. Im Flur hielt sie mich am Arm zurück. »Was soll das denn die ganze Zeit? Hör auf mit den dummen Anspielungen!«, fauchte sie. »Ich hab dir doch gesagt, es ist alles in Ordnung.«

Ich riss mich los und schimpfte: »Ich finde das unmöglich, dass du jetzt mit Oskar gemeinsame Sache machst! Wenn du es Mam nicht sagst, tu ich es!«

»Wenn du keinen Ärger willst, lass es! Du verdirbst alles! Also, Schnauze, Fury! Du sagst keinen Ton. Zwei Tage noch absolutes Stillschweigen.«

»Spiel dich nicht so auf!«

»Ich muss jetzt los. Ich komm heute Mittag wieder und dann will ich, dass Mami noch genauso ahnungslos ist wie bisher! Verstanden?« Damit verließ sie das Haus.

Ich dachte kurz nach, traf eine Entscheidung und ging zurück in die Küche. Gut, ich würde keinen Ton sagen, aber ich würde dafür sorgen, dass meine Mutter mit eigenen Augen sieht, was los ist. »Mam, hast du kurz Zeit?«

»Aber natürlich, Jojo. Willst du jetzt darüber reden?«

»Ähm, also reden nicht, aber ich könnte dir zeigen, was los ist.«

»Was willst du mir zeigen?«

»Ich kann es dir nicht sagen, du musst mitkommen.«

»Mitkommen? Wohin?«

»Kann ich nicht sagen.«

Meine Mutter stöhnte und sah aus, als wollte sie gleich anfangen zu schimpfen.

»Bitte«, sagte ich schnell. »Es ist wichtig.«

Sie seufzte, sah auf die Uhr und meinte: »Na gut. Aber ich muss in einer Stunde im Theater sein. Reicht das?«

»Ja.« Ich sah sie an. »Und zieh dir was Nettes an.« Denn ich dachte, wenn man der Konkurrenz gegenübersteht, sollte man wenigstens richtig gut aussehen. Das war nämlich mein Plan: Ich würde einfach mit meiner Mutter zu Melinda Mellenkamp marschieren und nach Oskar fragen. Den Rest müsste sie dann selbst erledigen.

Meine Mutter war etwas unleidlich. »Jojo, bitte mach jetzt kein Trara. Zeig mir, was dein Problem ist, wenn du schon nicht darüber reden kannst, und gut ist.«

Ich zuckte die Schultern, bitte, ich hab's versucht. »Wir müssen zu jemandem nach Hause gehen. Dort ist das Problem.«

Meine Mutter wurde etwas blass. »Was hast du angestellt? Hast du ein Haus abgefackelt? Etwas kaputt gemacht?«

»Ich hab überhaupt nichts angestellt. Komm jetzt bitte einfach mit.«

Wir machten uns also auf den Weg. Hoffentlich hatte ich wirklich alles bedacht, aber ich ertrug es einfach nicht mehr, so etwas Schwerwiegendes zu wissen und darüber schweigen zu müssen.

Als wir vor dem Einfamilienhaus von Frau Mellenkamp standen, atmete ich noch einmal tief durch. Dann drückte ich auf die Klingel.

Kurz darauf öffnete eine Frau. Sie sah sehr freundlich aus und lächelte uns an. Falsche Schlange!

»Wir möchten gerne Oskar Hase sprechen«, sagte ich streng und feindselig.

»Oskar Hase?«, fragte sie.

»Ja, Oskar«, fauchte ich. »Haben Sie im Ernst angenommen, wir kriegen nicht raus, was Sie tun? Eine Schande ist das! Oskar hat Familie! Er ist verheiratet.« Ich deutete auf meine Mutter. »Das hier ist seine Frau.«

Meine Mutter wand sich vor Peinlichkeit, schubste mich kräftig und zischte: »Jojo!« Zu der Frau sagte sie: »Entschuldigen Sie bitte, es tut mir wirklich sehr leid, hier liegt ein Missverständnis vor.«

Frau Mellenkamp war sichtlich verunsichert und stammelte: »Ja, macht nichts, kann ja mal passieren.«

»Hach!«, rief ich und schnaubte verächtlich. »Missverständnis?! Wollen Sie etwa behaupten, Oskar wäre nicht hier?«

»Nein, natürlich ist er hier. Schon seit zwei Stunden.«

Nun sah meine Mutter Frau Mellenkamp verunsichert an. »Wieso ist er hier?«

Ich verlor etwas die Beherrschung und blökte Frau Mellenkamp an.

Da erschien Oskar, wurde blass und stammelte: »Was macht ihr denn hier?«

Jetzt gab es für mich kein Halten mehr. Ich beschimpfte Oskar gehörig und wollte meine Mutter wieder vom Ort des Geschehens wegziehen, aber sie weigerte sich. »Jojo, jetzt hör auf der Stelle auf, dich so schlecht zu benehmen.« Sie wandte sich an Oskar. »Ich dachte, du holst deinen Freund ab?«

Oskar druckste herum. »'tschuldige, Isolde, das war eine Ausrede. Es sollte eine Überraschung sein.«

»Überraschung!«, rief ich höhnisch. »Tolle Überraschung!« Das ist ja wohl total dreist!

Aber inzwischen beachtete mich niemand mehr.

Frau Mellenkamp wandte sich an Oskar. »Es tut mir wirklich leid, ich wusste nicht, dass Sie deswegen Ärger mit Ihrer Frau bekommen.«

Oskar sah meine Mutter ganz schuldbewusst an.

Die war völlig überfordert. Sie konnte mit dieser Situation nichts anfangen, sie zog einfach nicht die richtigen Schlüsse.

»Isolde, ich hätte es dir vielleicht sagen sollen, aber ich hatte Angst, du wärst dagegen.«

»Natürlich wäre sie dagegen!«, mischte ich mich erneut ein.

Oskar fuhr unbeirrt fort. »Da habe ich diesen Nebenjob einfach angenommen und renoviere Frau Mellenkamps Haus.«

»Aber wieso?«, fragte meine Mutter.

»Damit wir in Urlaub fahren können.«

»Ach?«, machte meine Mutter.

Er strahlte. »Einen richtigen Urlaub, mit Flugzeug und Hotel. Das hast du dir doch gewünscht, oder?«

»Oh, Oskar!«, hauchte sie.

Ich stand völlig perplex daneben und sah von einem zum anderen und versuchte, das alles zu verdauen. Und zu verstehen.

»Zwei Tage noch, dann bin ich fertig«, erzählte Oskar weiter. »Ich wollte dich damit überraschen.«

Meine Mutter fiel Oskar um den Hals. »Das ist so lieb von dir«, rief sie.

Frau Mellenkamp legte gerührt den Kopf schief, als sie die beiden sah. »Ich hoffe, Sie sind ihm nicht böse«, meinte sie dann zu meiner Mutter.

»Aber nein«, rief meine Mutter, »natürlich nicht. Wie kommen Sie denn auf die Idee!«

Frau Mellenkamp sah zu mir. »Na ja, ich hatte, das Gefühl, es sei Ihnen nicht recht ...«

Nun sah auch meine Mutter zu mir.

Und Oskar.

»Jojo, was sollte das?«, fragte meine Mutter. »Wieso hast du Oskar die Überraschung verdorben?«

»Ich ... weil ... Flippi ... erzählt ... dass ...« Nein, das konnte ich jetzt aber nicht sagen, das wäre ja wirklich oberpeinlich!

»Flippi hat es dir erzählt?«, fragte Oskar verblüfft. »Als sie es rausgekriegt hat, hat sie mir versprochen, keinen Ton zu erzählen. Ich hab ihr zwei Euro dafür bezahlt.«

O Mann, das war ja alles völlig verfahren! Genau genommen hatte Flippi es mir ja auch nicht erzählt, aber leider von ihrem dämlichen Verdacht, bevor sie Oskar zur Rede gestellt hatte, davon hat sie mir erzählt. Verflixt, wieso musste sie ausgerechnet in einer solchen Situation ihr Wort gegenüber Oskar halten?!

»Flippi hat nichts gesagt«, gab ich zu.

»Und«, fragte meine Mutter mich nun schon wieder, »wieso hast du mich hierhergeschleppt?«

»Ich … das ist eine grundsätzliche Sache. Man sollte … in einer Familie … keine Geheimnisse voreinander haben«, sagte ich und versuchte weiterhin, eher tadelnd als schuldbewusst auszusehen. Vielleicht käme ich damit ja durch.

Frau Mellenkamp lächelte und meinte: »Damit hat sie recht.«

Oskar nickte auch, nur meine Mutter sah mich nach wie vor noch bitterböse an.

»Ich muss jetzt los, ich bin verabredet«, rief ich und suchte schleunigst das Weite.

Oh. Mein. Gott. Das war einfach so peinlich! Auch wenn die anderen nicht wussten, was ich wirklich gedacht hatte, und mich einfach nur für völlig bescheuert hielten, ich wusste es ja und das war schlimm genug.

Ich nahm mir vor, zu Hause hundertmal zu schreiben *Du sollst dich nicht in fremde Angelegenheiten einmischen* und nie wieder ein Wort mit Flippi zu reden! Denn ohne sie, das steht fest, wäre das alles gar nicht passiert!

Dienstag, 26. August

Den größten Teil des gestrigen Tages verbrachte ich zu Hause und machte mich nützlich. Ich räumte mein Zimmer picobello auf und ordnete sogar meine Socken in der Schublade nach Farben und Mustern. Ich hatte das Gefühl, ich müsse Schuld abarbeiten. Ich fühlte mich wirklich schlecht. Obwohl ich wusste, dass Flippi der Auslöser für die Angelegenheit war. Nur konnte ich ihr das noch nicht mal vorwerfen, ohne zugeben zu müssen, was ich mir da für einen Auftritt geleistet hatte. Und dass ich gegen ihre eindeutige Anweisung, meinen Mund zu halten, verstoßen hatte. Wobei, rein technisch gesehen hatte ich ja nichts gesagt. Ich hatte gehandelt. Und davon hat Flippi nichts erwähnt. Also könnte ich mich auf eine Diskussion mit ihr einlassen und ihr vorwerfen, sie hätte vergessen, mir zu sagen, ich solle nicht mit meiner Mutter zu Frau Mellenkamp gehen. Hm. Wenn ich mir jedoch überlege, wie oft ich aus einer Diskussion mit Flippi als Sieger hervorgegangen war – am besten wäre es wirklich, sie würde nichts davon erfahren.

Nachmittags ging ich, weil ich einfach nicht zur Ruhe kam, bei Lucilla vorbei. Ich brauchte Ablenkung. Ich war sogar bereit, mir von ihrer Jachtparty erzählen lassen. Leider hatte ich vergessen, dass Valentin ja gerade wieder zurück war, und normalerweise meide ich ein Zusammentreffen mit den beiden nach einer Trennung wie Gewitter und Hagel, denn sie sind dann eh nur damit beschäftigt, sich gegenseitig in Beteuerungen zu übertreffen, wie sehr sie sich vermisst haben.

Als ich ankam standen sie eng umschlungen vor Lucillas Haustür. Sie hatten es offensichtlich noch nicht einmal ins Haus geschafft. Ich wollte gerade unbemerkt wieder gehen.

Aber Lucilla hatte mich gesehen. »Jojo!«

Ich drehte mich langsam um und sagte gleich: »Ich will nicht stören …«, und machte Anstalten, gleich zu verschwinden.

»Unsinn, du störst nicht«, rief sie, was ihr einen etwas ärgerlichen Seitenblick von Valentin einbrachte.

Ich wunderte mich etwas über Lucilla.

»Valentin ist zurück«, teilte sie mir unnötigerweise mit.

»Hallo!«, meinte ich etwas unbeholfen zu Valentin.

Lucilla zwitscherte: »Ich habe ihm schon erzählt, dass du dich ganz lieb um mich gekümmert hast und dich bemüht hast, mich abzulenken, damit ich ihn nicht allzu sehr vermisse.«

Aha. Ich nickte einfach nur. Mal sehen, wo das hinführen würde.

»Und dass ich nur deshalb ständig im Club war.«

Ach so, das war's. Darum ging's.

Lucilla sah mich eindringlich an.

Mir fiel nichts weiter ein, als »Ja« zu sagen.

»Das war wohl Felix' Idee«, knurrte Valentin.

»Nein, Jojos. Und Felix war eigentlich so gut wie nicht da«, meinte Lucilla.

Valentin sah mich fragend an.

»Lucilla hing eigentlich nur mit den Mädchen dort rum«, sagte ich und hoffte, dass es Valentin beruhigte. Und – es entsprach der Wahrheit.

Valentin entspannte sich etwas.

»Die Mädels sind supernett«, sagte Lucilla eifrig. »Du solltest sie mal kennenlernen.«

»Ich muss keine anderen Mädchen kennenlernen. Und schon gar keine aus dem Club«, meinte Valentin.

Lucilla seufzte leicht. Ihr neu gefundenes Clubleben würde wohl wegen Valentin ab jetzt nur sehr eingeschränkt stattfinden.

Ich wollte nun wirklich den Rückzug antreten. »Ihr habt euch bestimmt viel zu erzählen, ich geh dann mal wieder.«

Valentin nickte und legte den Arm um Lucilla. »Wir haben einen romantischen Tag geplant …«

Bevor er jedoch ausholen konnte, um ihn mir zu beschreiben, hob ich die Hand, winkte, rief: »Viel Spaß!«, und verkrümelte mich.

»Vergiss den Flohmarkt morgen nicht«, rief Lucilla mir hinterher.

Ich drehte mich wieder um. »Welchen Flohmarkt?«

»Na, wo wir beide zusammen hinwollten. Hast du das etwa schon wieder vergessen?«

Ich sah sie groß an.

»Valentin hat keine Lust, auf Flohmärkten rumzulaufen. Ich treffe ihn erst am späten Nachmittag. Also komm morgen früh bei mir vorbei. Okay?«

Ich nickte und ging. Hatte ich das echt vergessen? Ich sollte mir wirklich mal meine Termine aufschreiben. Sobald ich den Terminkalender wiedergefunden habe, den Felix mir geschenkt hat.

Als Oskar und meine Mutter abends heimkamen, flehte ich sie an, Flippi nichts von meinem Auftritt zu erzählen. Und ich bat meine Mutter, vor Flippi überrascht zu tun, wenn Oskar ihr die gute Nachricht mit dem frisch verdienten Urlaubsgeld erzählen würde.

Oskar war bereit, sich darauf einzulassen, meine Mutter war dagegen.

»Hast du nicht selbst gesagt, man solle in einer Familie keine Geheimnisse voreinander haben?«

Mist! Sonst hört sie nie auf mich.

Dann grinste sie. »Außerdem war es ziemlich peinlich für dich, nicht wahr? Ich bin später draufgekommen, was du angenommen hast. Plötzlich ergab das alles Sinn!«

Ich wurde dunkelrot und flehte: »Bitte lass uns das alles einfach vergessen!«

Meine Mutter dachte nach. »Sagen wir mal so, wenn Flippi nicht fragt, muss ich ja auch nicht antworten.« Dann lächelte sie mich ganz lieb an. »Du hast uns da in eine ganz schön dumme Lage gebracht, aber du hast es ja gut gemeint. Irgendwie. Hoffe ich.«

»Aber ja!«, rief ich. »Und können wir das Thema jetzt bitte nie wieder erwähnen?«

»Hast du was daraus gelernt?«

Ich nickte. »Keine voreiligen Schlüsse ziehen und sich aus dem Leben anderer Menschen heraushalten.«

»Klingt gut.«

Muss sagen, ich hatte Glück, das Thema kam auch beim Abendessen nicht auf – natürlich nicht, Flippi mied es ja – und ich entspannte mich. Langsam ließ auch das nagende Gefühl der Blamage nach.

Heute Vormittag ging ich also zu Lucilla, um sie wie verabredet zum Flohmarkt abzuholen. Als ich ankam, saßen bereits drei Mädels in ihrem Zimmer. Sie waren aus dem Club – gestylt, geföhnt und gut aussehend. Ich wirkte wieder wie Aschenputtel neben ihnen. Kein Wunder, schließlich putzt man sich ja nicht heraus, wenn man zu einem Flohmarkt gehen will.

Lucilla begrüßte mich mit Küsschen, Küsschen und war ganz aufgedreht. »Jojo, Schätzchen, Planänderung. Wir gehen zu einem Meet-and-Greet ins Rathaus. Rate, wer da ist?«

Ich konnte noch nicht mal was mit Meet-and-Greet anfangen und in Verbindung mit Rathaus fiel mir nur einer ein: »Der Bürgermeister?«

Lucilla und die anderen Mädchen lachten.

»Ist sie nicht witzig? Ich hab's euch doch gesagt«, dröhnte meine Freundin.

Die anderen nickten.

Na toll, ich war ja so witzig.

»*Dakota Blue*! Mein Vater hat uns Karten besorgt für das Konzert am Freitag. Und heute geben sie Autogramme im Rathaus. Cool, was!«, rief Lucilla und die Mädels quiekten enthusiastisch mit ihr.

»Total!«, nickte ich und versuchte, begeistert zu wirken. *Dakota Blue* war eine ziemlich angesagte amerikanische Band. Und ich fand das alles ja auch prima, aber ich kam nicht so gut damit zurecht, dass Lucilla alles über meinen Kopf hinweg entschied, mich einfach vor vollendete Tatsachen stellte und hier eine Zweigstelle des Clubs eröffnet hatte.

Ich stand etwas unbeholfen rum, da stellte mir Lucilla die Mädels vor: »Das ist Fiona.«

Fiona winkte mir zu. »Hi, Jojo.«

O gut, sie erinnert sich an meinen Namen.

Lucilla fuhr fort: »Sandra.«

»Hallo!«, nickte Sandra.

»Und Danny. Aber du kennst sie ja. Ihr habt euch im Club schon getroffen«, schloss Lucilla die Vorstellungsrunde.

Sandra stand auf und meinte: »Sollten wir nicht langsam los? Sonst müssen wir ja ewig anstehen.«

»Aber nein«, rief Fiona, »Lucillas Vater bringt uns doch rein. Wir können an der Schlange vorbeimarschieren.«

Fiona sah Lucilla sehr stolz an. Lucilla quittierte das mit einem Schulterzucken.

»Ist schon praktisch, wenn man Beziehungen hat«, erwähnte Fiona das Offensichtliche noch einmal.

O ja, wir sind alle so stolz auf Lucilla und ihre Beziehungen.

»Ziehst du dich noch um oder kommst du so mit?«, fragte Fiona.

Ich legte die Stirn in Falten. Womöglich hatte sie das noch nicht mal böse gemeint, sondern fragte tatsächlich nur ganz sachlich. Aber ich empfand es als Kränkung. Ich blickte an mir herab – und empfand es dann doch nicht mehr als Kränkung: Meine Jeans hatte einen fetten Fleck quer über den Oberschenkel. Als ich heute morgen die Butter wegräumen wollte, ist sie mir von der Schale gerutscht und hat sich auf meiner Jeans verewigt, was mich jedoch nicht weiter störte. Denn da nahm ich ja noch an, wir gehen zum Flohmarkt und hängen nur rum. Bei meinem Geschick kommen im Laufe des Tages sowieso noch mehr Flecke dazu. Außerdem hatte die Hose unten am Bein einen ziemlichen Riss, weil ich in meiner Fahrradkette hängen geblieben war und mich nur mit roher Gewalt befreien konnte. Und ich trug das T-Shirt, das noch Kampfspuren vom Rosenbusch aufwies, sprich, einen Riss hatte. Sah auch nicht sehr dekorativ aus, sondern nur zerrissen.

»Wir wollten eigentlich zum Flohmarkt«, erklärte ich meine Kleiderwahl.

Fiona nickte verstehend. »Oh, ach so. Ja, cooler Trick – arm aussehen! Das treibt dann die Preise nicht so in die Höhe, wenn man was kaufen will.«

»Ja, das war der Plan«, meinte ich ironisch, aber außer Lucilla verstand keiner die Ironie.

»Kein Thema«, rief Lucilla und suchte mir bereits Sachen aus ihrem Kleiderschrank raus.

Aha, nicht nur der Club hatte hier eine Zweigstelle, ich seit Neustem wohl auch. Kleidertechnisch.

Im Nu verwandelte mich Lucilla in ein schickes Clubmädchen und wir konnten losziehen. Wobei ich erwähnen möchte, dass die Jeans, die ich jetzt trug, ebenfalls Löcher und Flecken hatte, aber die waren vom Hersteller so vorgesehen und daher modisch akzeptabel. Dazu trug ich das obligatorische Poloshirt, die Uniform der Reichen, und einen teuren Designergürtel.

Tatsächlich stand schon eine elend lange Schlange vor dem Rathaus. Lucilla rief ihren Vater an, der kam raus und führte uns an den Wartenden vorbei zur Band. Tja, ich muss zugeben, ich war dann doch beeindruckt – so eine Sonderbehandlung hat schon was!

Meet-and-Greet war wörtlich zu übersetzen: Man traf die Band, begrüßte sie und das war's. Na gut, wir bekamen noch Autogramme. Die Mädels waren ganz aus dem Häuschen, ich versuchte, mich anzupassen, und quiekte auch zweimal.

Dann wollten die Mädels in den Club. Zum Lunch.

»Ich hab aber keine Lust dazu«, flüsterte ich Lucilla zu.

»Aber, Jojo, das ist doch der eigentliche Grund, wieso ich mich mit den Mädchen verabredet habe.«

Ich sah sie verständnislos an.

»Damit sie mich mit in den Club nehmen«, flüsterte sie.

»Ich dachte, wir wollten zum Flohmarkt?«

»Flohmarkt? Wie kommst du denn darauf?«

»Na, also hör mal, dafür hast du mich doch schließlich zu dir bestellt.«

Lucilla schien sich zu erinnern. »Ach so, ja richtig.«

Ich sah Lucilla sehr misstrauisch an. Dann dämmerte es mir. »Du hast mich nur als Ausrede benutzt, weil du Valentin nicht sagen wolltest, dass du in den Club willst.«

Lucilla machte ein unglückliches Gesicht. Aber sie antwortete nicht. »Bitte komm mit in den Club!«, sagte sie stattdessen.

»Damit du sagen kannst, falls es rauskommt, du warst wegen mir da?«

Lucilla zuckte unschlüssig die Schultern.

»Seit wann belügst du Valentin?«

»Ich lüge nicht. Ich sag bloß nicht die Wahrheit. Valentin muss sich erst mal ganz langsam an den Club und die Leute gewöhnen. Du weißt doch, wie er auf Felix reagiert. Und irgendwie bringt er den Club mit Felix in Verbindung und ist deshalb nicht so begeistert, wenn ich dort rumhänge.«

»Na, dann häng doch dort nicht rum«, schlug ich vor.

»Waaas? Und den ganzen Spaß verpassen? Das ist das Aufregendste, was mir in den letzten Jahren passiert ist. Es ist sooo cool! Und die Leute mögen mich.«

Ich seufzte. Ich war nicht so ganz sicher, was ich davon halten sollte.

Lucilla versuchte zu argumentieren: »Ich will Valentin nicht verletzen, deshalb sag ich es ihm nicht. Aber ich erzähl's ihm später mal, wenn er keine Vorurteile mehr hat.«

Sandra kam zu uns. »Gehst du auch mit, Jojo?«

»Wohin?«

Sandra lachte. »Na, in den Club, wir wollen doch jetzt lunchen.«

»Oh«, machte ich und ich muss zugeben, ich fühlte mich dann doch geschmeichelt, dass sie mich dabeihaben wollten. »Klar«, meinte ich deshalb.

Lucilla warf mir einen Seitenblick zu, der laut und deutlich sagte: Siehst du!

Sandra erzählte, dass Felix heute beim Jugend-Golf-Turnier mitspielt und sie sich mit den Jungs während der Mittagspause treffen wollten. »Er freut sich sicher, dich zu sehen«, schloss sie.

»Na hoffentlich!«, sagte ich, weil ich plötzlich Bedenken hatte.

Sandra lachte. »Du bist echt witzig!«

»Rafael spielt auch mit«, sagte Fiona mit besonderer Betonung zu Lucilla.

Ich sah Lucilla fragend an, sie machte nur eine kurze abwehrende Handbewegung.

Wir saßen auf der Terrasse vor unseren Sandwichs, als die ersten Spieler kamen.

Sandra hatte recht gehabt: Felix freute sich, mich zu sehen. »Na, heute doch Pommes mit Kaviar statt Ketchup?«, flüsterte er mir grinsend zu.

»Igitt«, machte ich. Dann flüsterte ich zurück: »Es ist ganz erträglich mit den Mädels.«

»Na bitte, musst uns halt eine Chance geben. Und dass wir Kaviar statt Ketchup zu den Pommes essen, ist nur ein Gerücht«, grinste er.

Die Jungs setzten sich zu uns.

Sandra schubste mich an. »Kommst du auch?«

»Wohin?«

»Zur Farewellparty, die Rafael für Konstantin gibt.«

»Zu was für einer Party?«

»Abschiedsparty.«

»Abschied? Wovon?«, fragte ich.

»Weil Konstantin am Sonntag in Urlaub fährt. Und da wir gerne Partys feiern, nutzen wir jede Gelegenheit. Rafael gibt eine Viel-Spaß-im-Urlaub-Party für ihn.«

»Ach?«, machte ich. »Und wenn er zurückkommt, gibt's eine Toll-dass-du-wieder-da-bist-Party?«

Sandra strahlte. »Hey, du bist gut. Super Idee!«

Sie rief in die Runde: »Ich gebe dann die Welcome-back-Party für Konstantin.«

»Yeah!«

»Super.«

»Cool.«

Man war offensichtlich begeistert. Sandra war so nett zu sagen: »Jojos Idee.«

Und wieder gab es Lob. Diesmal für mich.

»Yeah!«

»Super.«

»Cool.«

Hm. Die Leute waren eigentlich doch sehr nett.

Felix sah mich grinsend an. Beugte sich zu mir und flüsterte: »Du lernst aber schnell!«

»Ich hatte das eigentlich ironisch gemeint«, flüsterte ich zurück.

Er lachte und meinte: »War mir klar.«

Als Felix weiterspielen musste, wollte ich nach Hause gehen. Ich hatte Angst, ich würde eine Überdosis Reich und Schön nicht verkraften. Aber ich muss zugeben, es war so weit okay, die Leute waren in Ordnung. Lucilla wollte bleiben, denn es war eine Siegerparty geplant.

»Was ist mit Valentin?«, fragte ich.

»Was soll mit ihm sein? Ich sehe ihn später, wir gehen ins Kino.«

Ich zuckte die Schultern. »Wenn du meinst.«

Lucilla sah mich etwas verärgert an. »Mach mir bitte keine Vorwürfe!«

»Mach ich doch gar nicht.«

Lucilla lächelte mich an und sagte ganz leise: »Ich bin so gern mit den Leuten hier zusammen! Das musst du doch verstehen.«

Ich lächelte zurück. »Aber ich gehe jetzt.« Dann stand ich auf und machte mich auf den Heimweg.

Felix hatte vorgeschlagen, nach dem Turnier zu mir zu kommen und einen Filmmarathon auszurichten, um rauszufinden, wie viele Filme wir nacheinander gucken können. Prima Idee.

»Was ist mit eurer Siegesfeier?«, fragte ich. »Willst du da nicht dabei sein?«

Felix hatte kein Interesse daran und außerdem schätzte er die Chance auf einen Sieg nicht sehr hoch ein.

»Schade, dann fällt die Party wohl aus«, meinte ich.

Er lachte. »Nein, ganz sicher nicht. Dann wird es eben keine Victoryparty, sondern eine Party zur Aufmunterung für die Verlierer.«

Tja, man kann über diese Leute sagen, was man will, aber sie verstehen es, aus allem eine Party zu machen.

Ich jedenfalls begab mich dann schon mal nach Hause in die partyfreie Zone meines Zimmers. Da sitze ich nun, warte auf Felix und wähle marathontaugliche Filme aus.

Mittwoch, 27. August

Wenn man einen Filmmarathon veranstaltet, sollte man das nicht im Familienwohnzimmer tun. Flippi kommentierte jedes Mal, wenn sie durch das Zimmer lief, die Szene, die gerade zu sehen war, und zwar auf

Flippi-Art. Das heißt, sie machte den Film entweder nieder oder nahm die Pointe vorweg, wenn sie den Film kannte.

Meine Mutter störte auch ständig. Sie kam vorbei, sah eine Zeit lang zu, kommentierte das Geschehen oder schlimmer noch, stellte Verständnisfragen, die Felix höflich beantwortete, um dann selbst den Anschluss zu verpassen. Aber so oder so, wir merkten, dass man nur mit Mühe drei Filme hintereinander schafft. Dann bringt man allmählich die Handlungen durcheinander, verliert das Interesse und wird todmüde. Wir waren fast froh, als meine Mutter zum Abendessen rief und wir aufgeben konnten.

Felix hielt mich zurück. »Hör mal, mir ist es unangenehm, jetzt mit deinen Eltern zusammen am Tisch zu sitzen. Weil ich doch wegen meiner Familie geflunkert habe. Ich würde lieber die Wahrheit sagen.«

»O nein, bitte nicht! Meine Mutter hat sich gerade wieder eingekriegt, also bitte verschieb das. Und es ist doch wirklich egal, aus welcher Familie du kommst. Glaub mir, meine Leute leben ganz gut in völliger Ahnungslosigkeit. Alles andere bringt nur Tumult.« Ich dachte an meinen Auftritt bei Melinda Mellenkamp und die Erinnerung daran ließ mich erneut rot werden.

Felix betrachtete mich aufmerksam. »Ist dir echt ziemlich wichtig, was?«

Ich nickte heftig. »Wenn ich es ihnen irgendwann mal erzähle, dann sage ich auch, dass du dagegen warst, sie anzuschwindeln, und dass es ganz alleine meine Schuld ist, okay?«

»Na, ich hoffe, du kannst den Zeitpunkt auch wirklich bestimmen. Normalerweise kommt so was immer in total unpassenden Momenten raus.«

»Allerdings!«, rief ich.

Felix grinste. »Natürlich weißt du das. Hab ganz vergessen, dass das ja eine deiner Spezialitäten ist.«

Ich seufzte. »Also sind wir uns einig? Überstehst du ein Abendessen mit meiner Familie, ohne deine wahre Identität preiszugeben?«

»Ja.«

Es klappte wirklich ganz problemlos, denn wir hatten ein ganz anderes Thema, das den kompletten Abend in Anspruch nahm.

Als wir alle am Tisch saßen, stand meine Mutter noch mal auf, räusperte sich und sagte strahlend: »Ich habe eine Ankündigung zu machen.« Sie machte eine Pause, bis sie unsere ungeteilte Aufmerksamkeit hatte, dann verkündete sie: »Wir werden in Urlaub fahren! In einen richtigen Urlaub, mit Flug und Hotel und so. Das haben wir Oskar zu verdanken.«

Flippi und ich jubelten, so überrascht es ging.

Oskar sah verlegen unter sich.

Flippi stieß mich an und flüsterte: »Das war's, was ich dir nicht sagen konnte: Oskar hatte heimlich einen Nebenjob.«

»Na, toll, du Senfbacke, dann hättest du mich aber nicht vorher nervös machen brauchen mit der dämlichen Affärengeschichte«, flüsterte ich zurück.

»Da wusste ich ja noch nicht, worum es ging. Und jetzt halt die Klappe und freu dich!«

Meine Mutter setzte sich und meinte: »Also, jetzt fangen wir mal an zu planen. Wo wollt ihr hin?« Dann fiel ihr Blick auf Felix. »Ich hoffe, das stört dich nicht, dass wir jetzt über Familienangelegenheiten reden?«

»Nein, absolut nicht.«

»Wohin fahrt ihr denn immer so in Urlaub?«, fragte sie.

Felix machte ein unschlüssiges Gesicht. »Och«, meinte er, »unterschiedlich.« Er schien fieberhaft nachzudenken, wohin normale Leute in Urlaub fahren, und ich dachte angestrengt nach, wohin reiche Leute wohl in Urlaub fahren. Dann hatte er eine Idee, was er antworten könnte. »In die Sonne. Immer ins Warme. Ans Meer.«

Meine Mutter nickte. »Daran hatte ich auch gedacht. Sonne und Meer. Oskar hat Prospekte geholt, die können wir nachher mal durchblättern und jetzt kann jeder ja mal einen Vorschlag machen, wohin er gerne möchte.«

Flippi meinte, sie müsse erst mal recherchieren, ob es ein ideales Schneckenland gäbe, denn das wäre ihre erste Wahl. Womit das Thema plötzlich wieder bei Schnecken angelangt war. Meine Schwester versuchte, Felix auszufragen, an welcher Art Schnecke er wohl interessiert wäre, denn sie wollte eine neue Züchtung starten, aber diesmal vorher den Markt genau analysieren. Denn ihre Asienschnecke hatte sich als Flop herausgestellt. Nur weil es irgendwo besonders viele Menschen gibt, heißt das nämlich noch lange nicht, dass sie auch alle Schneckenliebhaber sind.

Felix geriet etwas in Schwierigkeiten, denn bevor er sich überhaupt äußern konnte, hatte Flippi ihm bereits gedroht, dass sie ihn verklagen werde, wenn er nicht alle Schnecken, die sie speziell für ihn züchtet, auch abnehmen würde.

Meine Mutter setzte dem Ganzen ein Ende, indem sie Flippi bat, Felix alle Schneckensorten aufzuzählen, die sie bisher gezüchtet hatte. Damit wurde dann auch unser Urlaubsthema vertagt. Wir bekamen die Aufgabe, Urlaubsorte herauszusuchen und morgen mit Vorschlägen zu erscheinen, damit abgestimmt werden kann, wo wir hinfahren.

Flippi versuchte daraufhin, meiner Mutter eine Urlaubsentscheidungsschnecke anzudrehen, doch meine Mutter lehnte dankend ab.

Als ich Felix später an der Tür verabschiedete, erkundigte ich mich, wo er mit seiner Familie denn immer in Urlaub hinfahre.

»Sonne und Meer, wie ich gesagt habe.«

»Und wo genau?«

Er zuckte die Schultern. »Unterschiedlich. Je nachdem.«

»Je nach was?«

»Nach Laune meiner Mutter.«

»Ihr mietet euch immer in Luxushotels ein?«, riet ich.

»Meine Mutter mag keine Hotels. Ich war noch nie in einem Hotel.«

»Im Ernst?«

Felix nickte.

Der Arme, sie bleiben wahrscheinlich wirklich zu Hause. Bisher war er ja die ganzen Ferien nicht weggewesen …

»Wir haben Ferienhäuser.«

»Ach was! Gleich mehrere? Wo denn?«

»Key West.«

»Wow.«

»Und auf Marthas Vineyard.«

»Hey, super.«

»Und in Scottsdale.«

»Ach was?«

»Und in Malibu.«

»Nee, nee …«

Er sagte nichts mehr.

»War's das schon?«, fragte ich.

Felix sah mich an. »Machst du dich lustig?«

Ich zögerte einen kleinen Moment. »Nein. Ja. Nein. Es ist nur … ähm, na, sagen wir mal, unüblich, dass man gleich einen ganzen Schwung Häuser besitzt.«

»Mein Vater sieht eine Immobilie als gute Investition an, deshalb haben wir so viele Häuser.«

»Siehst du, das sind schon zwei Wörter, mit denen ich nichts anfangen kann: Immobilie und Investition.« Ich lachte. »Und das waren jetzt noch lange nicht alle Häuser, stimmt's?«

Felix grinste. »Das waren nur die in Amerika.«

»Okay, lassen wir das Thema. Und – danke, dass du das nicht vor meiner Mutter erzählt hast. Ich denke, sie hätte mir sofort den Umgang mit dir verboten.«

»Aber du hättest dich sowieso nicht dran gehalten.«

»Richtig. Aber meine Fähigkeit zu schwindeln wird schwächer. Ich fliege immer schneller auf. Keine Ahnung, woran das liegt.«

»Du bist doch wohl nicht auf dem Weg, ein anständiger Mensch zu werden?«

»Gott bewahre, wo kämen wir denn da hin?«

»So, hier ist der Vertrag.«

Felix und ich fuhren vor Schreck zusammen. Flippi stand plötzlich neben uns und hielt Felix einen Zettel hin.

Sie deutete auf eine Lücke im Text. »Hier trägst du ein, was für eine Sorte Schnecke ich für dich züchten soll. Und hier unten unterschreibst du.«

Felix nahm lachend den Zettel entgegen, meinte: »Ich muss es aber erst noch von meinem Anwalt prüfen lassen, bevor ich unterschreibe.«

Flippi riss ihm den Zettel wieder aus der Hand. »Dann vergiss die Sache. So kommen wir nicht ins Geschäft!«

»Also, wofür habt ihr euch entschieden?«, fragte meine Mutter und blickte in die Runde.

Oskar, Flippi und ich hatten uns brav zur großen Urlaubsdiskussion eingefunden, wie meine Mutter es angeordnet hatte. Wir saßen im Wohnzimmer. Daran konnte man bereits erkennen, dass es sich um eine wichtige Sache handelte. Normalerweise nutzen wir das Wohnzimmer kaum, unser Leben findet eher in der Küche statt. Auch deshalb, weil meine Mutter es da zu ihren Beruhigungstees nicht so weit hat. Aber jetzt lagen auf dem Couchtisch stapelweise Reiseprospekte, die offensichtlich keiner von uns angerührt hatte.

Oskar lächelte und meinte: »Mir ist alles recht, Isolde. Wenn ihr glücklich seid, bin ich es auch. Wo möchtest *du* denn hin?«

»Dahin, wo ihr hinwollt. Ich möchte nur, dass sich alle wohlfühlen.«

»O Mann, dafür haben wir uns hier versammelt? Um euch beiden zuzuhören, wie ihr euch gegenseitig die Ohren vollsülzt, von wegen ich will nur, was du willst, und dann bin ich glücklich?«, rief Flippi.

Erst sah meine Mutter Flippi böse an, doch ein milder Blick von Oskar besänftigte sie wieder.

»Na gut, dann sollen die Kinder entscheiden, okay, Oskar?«

»Natürlich«, nickte der.

Meine Mutter wandte sich an uns. »Also, wohin soll es gehen?«

»Ich hab mich überhaupt nicht entschieden, weil ich gar kein Problem mit dem Thema Urlaub hatte. Mir ist es egal«, meinte Flippi. »Kann ich wieder gehen? Sagt mir Bescheid, wann wir fahren.«

Flippi wollte aufstehen, meine Mutter brachte sie jedoch mit einem Blick dazu, sich wieder hinzusetzten. Nun murrte sie: »Dann macht aber hinne, ich hab nicht ewig Zeit. Schnecken züchten sich nicht von alleine.«

Meine Mutter wandte sich an mich. »Jojo, du wolltest doch so gerne mal richtig in Urlaub fahren. Also?«

»Ich hab nie was davon gesagt, dass ich gerne mal richtig in Urlaub fahren möchte.«

»Ja, und was glaubst du, für wen sich Oskar so viel Mühe gemacht hat und nebenher gearbeitet hat, damit wir uns einen Urlaub leisten können?«, sagte meine Mutter sehr vorwurfsvoll.

»Ehrlich gesagt, für dich.«

Meine Mutter schien mit dieser Antwort nicht zufrieden.

Oskar meinte vorsichtig: »Das stimmt, Isolde. Ich hab es getan, weil ich dachte, du möchtest gerne ein wenig mehr Luxus und so.«

»Ich?«

»Ja. Ich hatte das Gefühl, du wärst unzufrieden, weil wir nicht so viel Geld haben.«

»Aber nein! Ich hab alles, was ich will.«

Sie legte die Stirn in Falten und dachte nach. Dann deutete sie auf mich. »Es war Jojo. Sie hat das Geld- und Urlaubsthema aufgebracht.«

»Hab ich nicht. Also zumindest nicht so. Das mit dem Urlaub hatte ganz andere Gründe. Ich fand es immer toll, wenn wir in dem Häuschen von Oskars Freund waren. Ich mag das Haus, ich mag den See, ich hab damit kein Problem.«

»Gut, dann ist das ja geklärt. Da fahren wir hin«, sagte Flippi und stand auf. »Das ist eine prima Schneckengegend, meine Ausbeute war dort immer riesig.« Nun ließ sie sich nicht mehr zurückhalten und verließ das Zimmer.

Meine Mutter sah Oskar Hilfe suchend an.

Oskar zuckte die Schultern. »Also, für mich wäre das okay. Mir gefällt es dort.«

»Dann hast du ja ganz umsonst gearbeitet!«, rief sie.

»Aber nein. Wir können das Geld sparen. Dann haben wir jetzt ein Polster und wenn du mal etwas Besonderes möchtest, können wir es uns leisten.«

Meine Mutter war mit dieser Entwicklung der Dinge überfordert. Sie sah mich tadelnd an und meinte kopfschüttelnd: »Jojo, wirklich, es ist nicht zu fassen, in was für Sachen du uns immer hineinmanövrierst!«

Ich wollte empört widersprechen, doch Oskar kam mir zuvor. Er legte den Arm um meine Muter und meinte: »Ist doch alles kein Problem. Alle sind zufrieden und wir haben noch etwas Geld auf der hohen Kante. Und du mochtest das Haus am See doch auch, oder?«

Meine Mutter lächelte Oskar an. »Ja, du hast recht.« Dann sah sie mich an, und zwar schon etwas freundlicher, und wandte sich wieder an Oskar. »Und Jojo macht so was ja auch nicht mit Absicht.«

Nun zog Oskar meine Mutter schnell aus dem Wohnzimmer. Er hatte wohl Angst, dass ich die Idylle mit einer Antwort zerstören würde.

Ich blieb alleine zurück und versuchte zu rekapitulieren, was passiert war und vor allem wie viel Schuld ich daran hatte.

Sorry, aber ich war mir keiner Schuld bewusst.

Freitag, 29. August

Felix gehört zu der Sorte Mensch, die immer etwas zu tun hat. Ich gehöre nicht dazu. Ich habe eigentlich immer Zeit. Ich habe keine Hobbys und keine Interessen, die sehr viel Zeit in Anspruch nehmen. Da es sich bei Lucilla ähnlich verhält und ich deshalb den Großteil meiner Freizeit mit ihr verbringe, war mir das noch nicht so richtig aufgefallen. Bis jetzt.

Ich rief Lucilla heute früh an, dachte, wenn ich vor Valentin oder den Clubmädchen mit ihr Kontakt aufnehme, hätte ich vielleicht die Chance, einen Termin mit der Clubkönigin zu ergattern.

»Jojo, Schätzchen, wie geht's?«, rief sie ins Telefon.

»Ist jemand bei dir?«, fragte ich misstrauisch.

»Nein. Wie kommst du denn auf die Idee?«

»Na, weil du mich Schätzchen genannt hast. Das machst du nur, wenn diese Clubmädchen dabei sind.

»Stört es dich?«

»Na ja, schon irgendwie. Es klingt albern. So, als wären wir beide Hollywooddivas.«

»Wirklich?«, rief Lucilla ganz glücklich.

Ich seufzte. Okay, das war nicht der richtige Ansatz. »Ist ja auch egal. Was machst du heute? Wollen wir in die Stadt gehen?«

»Hm«, machte sie. »Also, ist nicht ideal. Morgen ist doch die Farewellparty und ich habe versprochen, bei den Vorbereitungen zu helfen.«

»Ach, was für Vorbereitungen denn? Dem Dienstpersonal Anweisung geben, was sie zu tun haben?«, sagte ich ironisch.

»Nein, ich denke, das wird Rafael machen. Aber Fiona und ich wollten Dekomaterial besorgen.«

»Fiona. Aha.«

»Sie ist echt supernett.«

»Na, da bin ich aber froh. Viel Spaß mit *Fiona*!«, sagte ich und legte auf.

Eine halbe Minute später klingelte das Telefon. Es war Lucilla. »Jojo, was sollte das eben? Wieso hast du aufgelegt?«

»Wieso nicht. Es gab doch nichts mehr zu besprechen. Du hast heute keine Zeit, weil du mit Fiona verabredet bist.«

»Jojo, bist du sauer?«

»Aber nein. Wie kommst du denn auf die Idee? Aus welchem Grund sollte ich denn sauer sein?«, meinte ich zynisch.

Lucilla antwortete ganz freundlich: »Na ja, vielleicht weil ich in der letzten Zeit so viel mit den anderen Mädchen unterwegs war.«

Ich zögerte. Was tu ich jetzt? Ich könnte einfach wieder auflegen. Oder sagen: »Nein, damit hab ich kein Problem.« Ich seufzte. Es gab natürlich auch noch eine dritte Möglichkeit. Und für die entschied ich mich. »Ja. Es stört mich, dass du keine Zeit mehr für mich hast. Ich dachte immer, wir sind beste Freundinnen.«

»Jojo, das sind wir auch!«

»Und was ist mit Fiona?«

»Sie ist auch meine Freundin.

»Beste Freundin?«

»Sie ist meine beste Clubfreundin.«

»Und ich bin die beste Nichtclubfreundin?«

»Nein, du bist meine beste Freundin generell. Also meine allererste beste Freundin.«

»Also rangtechnisch stehe ich über Fiona?«

»Aber sicher!«

Das beruhigte mich.

»Aber du verbringst deine ganze Zeit im Moment mit Fiona.«

»Das sind die Umstände. Das bedeutet nicht, dass ich sie lieber mag als dich. Echt nicht.«

Hm. Das klang aufrichtig. Damit würde ich leben können.

Lucilla schlug vor: »Du könntest doch mit uns kommen. Fiona hat damit unter Garantie kein Problem.«

Grrr! Wie schön, dass Fiona damit kein Problem hat. Tja, aber ich hatte damit ein Problem.

Es kostete mich etwas Überwindung zu sagen: »Nein, danke, ist nett, aber ich hab heute jede Menge zu erledigen.«

»Was denn?«

»Oh ... dies und das.« Bevor sie nachfragen konnte, startete ich lieber ein Ablenkungsmanöver. »Was sagt Valentin denn eigentlich dazu, wenn du jetzt mit Fiona unterwegs bist?«

»Das ist okay. Ich bin ja nicht im Club.«

»Du hast es ihm nicht gesagt«, erriet ich.

»Er hat mich nicht gefragt. Er hat heute Vormittag sowieso keine Zeit. Also, kein Problem.«

»Wirst du ihm erzählen, dass du mit mir unterwegs warst?«

»Aber nein, das wäre ja gelogen. Ich sag ihm, dass ich für dich eingesprungen bin, weil du keine Zeit hattest und die arme Fiona sonst alles hätte alleine erledigen müssen.«

»Und das ist nicht gelogen?«

»Na ja, zumindest ist es irgendwie weniger gelogen. Findest du nicht?«

»Du, ich muss jetzt los«, sagte ich schnell, bevor sie das Thema vertiefen würde.

»Wo musst du denn hin?«

»Ich bin mit Felix verabredet.«

»Ach, und wieso wolltest du dann mit mir in die Stadt gehen?«

»Weil … ich dort mit Felix verabredet bin. Also, Lucilla, wir sehen uns dann morgen bei der Party.«

Als ich aufgelegt hatte, dachte ich: Mist, jetzt habe ich schon wieder gelogen! Denn ich war natürlich nicht mit Felix verabredet. Irgendwie passiert so etwas doch ziemlich schnell.

Samstag, 30. August

Am Nachmittag vor der Party rief mich Lucilla an. »Jojo, du musst mir einen Gefallen tun: Sei so nett und halte dich heute Abend auf der Party fern von Valentin und mir.«

»Was? Wieso denn das? Willst du nicht mit mir in Verbindung gebracht werden? Bin ich dir peinlich?«

»Aber nein – ähm, wieso fragst du? Hast du in den letzten zwei Tagen was Peinliches angestellt?«

»Nein! Ich hab dem Chaos abgeschworen!«

»Oh, gut! – Nein, es ist wegen Valentin. Er wollte eigentlich nicht mit mir zu der Party gehen und erst als ich ihm versprochen habe, dass er nicht mit Felix reden muss, hat er sich bereit erklärt mitzukommen.«

»Also dann gilt das Halte-dich-fern-von-uns für Felix und nicht für mich?«, stellte ich erleichtert klar.

»Ja, aber ich dachte, ich sag es dir und du achtest

darauf. Ich kann so was ja schlecht Felix sagen. Das ist ja doch irgendwie kränkend.«

»Ach, aber mir kannst du es sagen?«, maulte ich. »Mich kann man kränken?«

»Jojo, jetzt stell dich nicht so an! Ich hab dir doch erklärt, dass ich Valentin erst mal ganz langsam an die Leute gewöhnen muss. Und wenn du Felix von ihm fernhältst, erleichtert mir das die Arbeit.«

»Die Arbeit. Haha.«

»Also was ist, tust du es?«

»Ja, mach ich.«

»Super, danke, du bist echt eine tolle Freundin.«

»Deine *beste* Freundin!«, erinnerte ich sie.

»Na sicher doch. Und zwar auf immer und ewig. Ciao, bis heute Abend!«

Als Felix gegen Abend kam, um mich abzuholen, und ich ihm von Lucillas Anweisung erzählte, grinste er bloß.

Ich war eigentlich der Meinung, er würde sich ein wenig aufregen, und sagte das auch.

Er nahm mich in den Arm und lachte. »Wieso denn? Stört mich nicht. Wenn Valentin sich besser fühlt, dann tun wir ihm eben den Gefallen. Ist außerdem keine Strafe für mich, nicht mit den beiden zu reden. So prickelnd finde ich sie eh nicht.«

Ich sah Felix empört an. »Lucilla ist meine beste Freundin!«

»Ja, ich weiß, deshalb bin ich ja auch nett zu ihr. Und zu ihrem Valentin.«

»Also deine Leute sind auch nicht gerade berauschend!«

»Ist das jetzt bloß eine Retourkutsche oder willst du darüber reden?«

»Ich will überhaupt nicht reden«, sagte ich eingeschnappt. »Lass uns gehen.«

Wir wollten gerade zur Tür raus, da lief uns meine Mutter in die Arme. Sie kam vom Theater und schimpfte wie ein Rohrspatz. »Diese Loretta macht mich noch wahnsinnig. Wieso muss ich es immer ausbaden, wenn sie ihre Fressattacken hat? Kann denn nicht einer mal ein Machtwort sprechen? Ich hab echt die Nase voll! Der Laden ist ein Irrenhaus! Aber nach außen müssen wir immer so tun, als wäre alles Friede, Freude, Eierkuchen.«

Felix sah betreten zu Boden.

Meiner Mutter fiel das trotz ihres Gemeckers auf. »Alles okay?«, fragte sie ihn.

»Na ja«, meinte Felix, druckste ein wenig herum und sagte schließlich: »Es tut mir wirklich leid, aber als ich damals zu Ihnen sagte, ich sei nicht mit dem Sternberg verwandt, war das nicht ganz richtig. Ich wollte nur nicht, dass Sie … ähm, weil ich dachte, es wäre Ihnen … unangenehm.«

»Das wäre mir auch unangenehm«, nickte meine Mutter. Sie hatte offensichtlich keine Ahnung, worauf Felix hinauswollte. Dann wurde sie stutzig. »Was meinst du mit: ›das war nicht ganz richtig‹?«

»Ich … bin doch mit ihm verwandt.«

»Oh«, machte meine Mutter und wurde ein wenig

blass. »Wie sehr? Bist du sein Neffe? Oder Großneffe?« Sie schien auf eine sehr weitläufige Verwandtschaft zu hoffen.

Felix schüttelte den Kopf. Dann schluckte er und murmelte: »Ich bin sein Sohn.«

Meine Mutter quiekte leicht auf und hielt sich erschrocken die Hand vor den Mund.

»Oskar!«, rief ich ins Haus hinein. »Wir brauchen Tee.«

Felix sah meine Mutter nun besorgt an. »Aber keine Sorge, ich rede nie mit meinem Vater.«

Meine Mutter blickte erschrocken auf. »Ihr redet nicht miteinander?«

»Doch«, beeilte sich Felix zu sagen, »aber nicht über … Geschäftliches.«

Meine Mutter blickte immer noch ganz unglücklich. Sie überlegte. Schließlich fragte sie Felix: »Meinst du, das könnte unter uns bleiben, dass du der Sternberg-Sohn bist? Also, ich denke, das muss doch nicht jeder wissen, oder?«

Felix wirkte etwas verunsichert. »Na ja, also, die meisten meiner Freunde wissen, wer ich bin. Und meine Eltern sowieso.«

»Aber meine Kollegen im Theater nicht. Und wenn sie hören, dass meine Tochter … ach je!«

»Ich werde es keinem aus dem Theater erzählen«, versicherte Felix. »Ich kenne dort ja niemanden.«

Meine Mutter schöpfte Hoffnung. »Das ist gut. Und am besten kommst du in Zukunft auch nicht zu einer unserer Aufführungen.«

Ich trat ins Haus und rief erneut um Hilfe: »Oskar! Wo bleibst du?« Dann drehte ich mich zu meiner Mutter um. »Mam! Du kannst doch Felix nicht verbieten, ins Theater zu gehen.«

»Ich verbiete es ihm ja auch nicht«, meinte sie. Plötzlich strahlte sie. »Aber ich verbiete *dir*, mit ihm ins Theater zu gehen. Dann fragt mich auch niemand, wer das ist, dein neuer Freund.«

Oskar erschien in der Haustür.

»Endlich!«, rief ich erleichtert.

Er blickte uns an. »Alles in Ordnung?«, fragte er.

Ich deutete auf meine Mutter.

Sie deutete auf Felix. Und mit einer Mischung aus Vorwurf und Verzweiflung sagte sie zu Oskar: »Er ist *doch* sein Sohn!«

Oskar seufzte, nahm sie in den Arm, zog sie ins Haus und sagte liebevoll: »Ich mach dir einen Tee.«

Bevor er ganz im Haus verschwand, drehte er sich noch mal um und lächelte Felix aufmunternd zu. »Das ist schon in Ordnung, sie wird darüber hinwegkommen.«

»Ich hoffe es«, meinte Felix und wirkte etwas zerknirscht.

»Fühlst du dich jetzt besser?«, fragte ich ihn genervt.

»Nein, im Gegenteil.«

»Na siehste, das hättest du dir also schenken können. Vor allem weil das Ganze jetzt wieder von vorn losgeht. Sie wird mir ständig in den Ohren liegen«, jammerte ich.

Felix blieb trotzdem stur. »Aber auf lange Sicht werde ich mich besser fühlen«, beharrte er.

Ich verdrehte die Augen. »Dein Wort in Gottes Ohr«, murmelte ich und überlegte, dass es mit Felix als Freund doch etwas anstrengend war. Ich sollte ihn von Valentin fernhalten, ihn von meiner Mutter fernzuhalten wäre vielleicht auch eine gute Idee gewesen und wenn es nach mir ginge, würde ich mich eigentlich gerne von seinen Clubfreunden fernhalten. Und er würde sich wohl auch ganz gerne von meinen Freunden fernhalten. Vielleicht sollten wir beide uns voneinander fernhalten, dachte ich grimmig.

»Dann lass uns jetzt mal zu der Party gehen, mal sehen, was wir dort noch an Verwirrung stiften können«, meinte Felix und lächelte etwas schief.

»Dir fällt bestimmt was ein«, knurrte ich.

Fiona und Lucilla hatten gute Arbeit geleistet. Ihre Deko im Partyhaus sah toll aus. Ja, *Partyhaus.* Auf dem Anwesen von Rafaels Eltern gab es tatsächlich ein Partyhaus. Ein Haus nur für Partys.

Unser Haus, in dem eine vierköpfige Familie lebte, war etwa so groß wie dieses Partyhäuschen. Aber außer mir schien keiner davon beeindruckt.

Als ich das kommentierte, versuchte Felix, es etwas abzuschwächen. »Na ja, es ist nicht nur ein Partyhaus, es dient auch noch als Gästehaus.«

»Ach so, na dann!«, meinte ich spöttisch. »Und wofür dient dieser Palast noch, außer eine Familie zu beherbergen?«, fragte ich und deutete auf das eigentliche Haus, in dem Rafael mit seinen Eltern lebte. »Als Konzerthalle?«

Felix sah mich an. »Ich fühle mich immer irgendwie angeklagt, wenn du so etwas sagst, und habe das Gefühl, mich und die Leute, mit denen ich zu tun habe, verteidigen zu müssen.«

Ich seufzte. »Ich versuche, in Zukunft so was zu ignorieren und so zu tun, als wäre das normal.«

»Für diese Leute ist es normal. So wie es für dich normal ist, dass deine Eltern im Theater arbeiten.«

»Na, das ist ja wohl auch nichts Besonderes.«

»Wieso nicht? Weißt du, wie cool das ist? Ich meine: *Theater*! Das ist schon was Besonderes.«

Hm. So hatte ich das noch nie gesehen.

»Nee, also, ich weiß nicht, ich finde das normal.«

»Weil du damit aufgewachsen bist. Man neigt dazu, die Dinge, die man hat, als selbstverständlich anzusehen.«

Ich wurde stutzig. »Haben deine Eltern dich gezwungen, psychologische Fachbücher zu lesen, während andere Kinder auf Bäume geklettert sind oder sich mit Matsch beworfen haben?«

Felix lachte. »Nein, aber ich war meist mit Erwachsenen zusammen und habe wirklich viel gelesen. Und mich interessieren Menschen und ihre Verhaltensweisen.« Er legte den Arm um mich, drückte mich an sich und grinste. »Und für chaotische Persönlichkeiten habe ich schon früh ein besonderes Faible entwickelt.«

»Mein Glück«, sagte ich.

»Ich hole uns Gingerale«, meinte Felix und bevor ich sagen konnte: »Ich komme mit«, war er schon im Gewühl verschwunden. Ich sah ihm leidend hinterher. Es waren irre viele Leute da, man konnte sich nur mühsam fortbewegen. Also blieb ich einfach stehen. Dann stellte ich fest, dass es ziemlich uncool ist, auf einer solchen Veranstaltung mutterseelenallein rumzustehen, während überall Grüppchen von Leuten sich fröhlich unterhalten, lachen und sich amüsieren.

Ich versuchte, ein selbstbewusstes Gesicht zu machen, aus dem hervorgeht, dass es mir ganz und gar nicht unangenehm ist, hier alleine zu stehen. Ich tat so, als wäre ich mit jemandem verabredet, und blickte mich suchend um. Wenn ich Lucilla und Valentin entdecken würde, würde ich alle Versprechen über den Haufen werfen und ihnen um den Hals fallen. Ich fühlte mich wirklich fehl am Platz. Die Leute hier waren für meinen Geschmack zu edel angezogen, sahen zu gut aus, hatten zu teure Hobbys und lebten definitiv in zu großen Häusern.

Zwischen den Schickimickis lief Servicepersonal mit Tabletts herum, auf denen Häppchen angerichtet waren, die man den Gästen anbot. Rafaels Eltern hatten tatsächlich einen Catering-Service engagiert. Dann erschrak ich. Es war der Catering-Service von Susannes Vater, der Freundin meines Exfreundes Sven. Bestimmt halfen Susanne, Sven und ein paar ihrer Freunde aus. Na toll, dann kannte ich vom Personal mehr Leute als von den Gästen! Was mir unangenehm war. Und zwar nicht vor den Clubleuten, sondern vor Sven, Susanne und den anderen. Was würden die über mich denken? Himmel, wie peinlich wäre es, wenn mir einer von denen jetzt Häppchen anbietet! Ich dachte kurz darüber nach, ob ich mich einfach unter das Personal mische, aber da alle eine Art Uniform trugen, wäre ich wohl nicht so überzeugend. Ich entschied, es zu vermeiden, von einem der Hilfskräfte gesehen und erkannt zu werden. War es zu spät, eine Perücke zu organisieren? Oder einfach wieder zu gehen? Bisher hatte mich niemand von denen gesehen. Oder mich nicht erkannt, weil sicher niemand erwartet, dass ich auf einer solchen Party bin. Ich war echt nervös.

»Alles okay, Jojo?«

Ich zuckte erschrocken zusammen. »Oh, du bist es«, sagte ich erleichtert, als ich realisierte, dass Felix mich angesprochen hatte, als er mit dem Gingerale zurückgekommen war.

»Du wirkst etwas angespannt«, stellte er fest.

»Na, das kannst du laut sagen!«

»Hab ich.«

»Wieso denkst du, ich wirke angespannt? Ich hatte vor, extrem relaxt zu wirken.«

»Das musst du noch üben. Du blickst dich hier so panisch um, wie ein Zebra in einer Löwenherde.«

»Na kein Wunder, ich versuche zu vermeiden, dass mir jemand ein Tablett mit Häppchen vor die Nase hält.«

»Du könntest auch einfach Nein sagen, wenn man

dir was zu essen anbietet. Ich denke, die verkraften das. Und wenn es nicht deinem Geschmack entspricht, frag einfach, ob du zum Kaviar etwas Ketchup haben könntest.«

»Haha. Aber darum geht es nicht, es ist viel komplizierter.«

Ich sah Felix nicht an beim Reden, sondern behielt das Servicepersonal im Auge.

»Na klar«, lachte Felix. »Da hätte ich auch von alleine draufkommen können. Also wo liegt dein Problem?«

Susanne lief mit einem Tablett durch einen Pulk von Leuten und bewegte sich in unsere Richtung. Panik stieg in mir auf, ich drehte mich hektisch um und wollte das Weite suchen. Klappte aber nicht, denn ich stieß bereits beim Umdrehen mit einem Tablettträger zusammen, der sich von hinten genähert hatte.

»Verflixt«, rief ich zunächst, dann: »O Mist, tut mir so leid«, denn ich hatte dem Typen das Tablett aus der Hand geschlagen, das mit viel Getöse auf den Boden fiel, und zwar mitsamt den Häppchen, die auf dem eleganten Parkettboden ein schönes Muster abgaben. Als wir uns beide gleichzeitig nach dem Tablett bückten, stießen wir mit den Köpfen zusammen.

»Autsch!«, sagte der Typ und ich starrte ihn entsetzt an.

Fieberhaft überlegte ich, ob mir wohl irgendein Zauberspruch einfallen würde, der mich auf der Stelle unsichtbar werden ließe.

»Jojo!«, rief der Typ. »Na klar, das hätte ich mir ja denken können!«

»Tut mir leid, Sven, echt. Das war ein Versehen«, stammelte ich und wurde puterrot, weil natürlich inzwischen alle Umstehenden uns anstarrten. Und ausgerechnet Sven!

Ich bückte mich, drehte das Tablett um und begann, die Häppchen einzusammeln. Konzentriert versuchte ich, sie wieder so auf dem Tablett zu arrangieren, wie sie vor ihrem Segelflug gelegen hatten.

»Was machst du da?«, fragte Sven.

»Ich leg sie wieder nett hin.«

»Schwachsinn!«, war Svens einziger Kommentar.

Susanne kam zu uns. »Jojo! Was machst du denn hier?«

»Na was wohl? Sie richtet Chaos an«, knurrte Sven.

Susanne schubste ihn leicht an und sagte freundlich zu mir: »Ach, so was passiert schon mal.«

Sie sah, wie ich die Häppchen wieder zu einem schönen Muster anordnete, lächelte etwas süßsauer und reichte Sven ihr volles Tablett mit den Worten: »Mach einfach mit dem hier weiter.«

»Liebend gern«, schnaubte Sven und ging.

Susanne beugte sich zu mir runter auf den Boden und meinte: »Lass man. Ich kümmere mich darum.« Flink hob sie den Rest der Häppchen auf und warf alles aufs Tablett. Ich sah sie entrüstet an, ich hatte mir doch so viel Mühe gegeben! »Das können wir nicht mehr anbieten, egal, wie liebevoll du das wieder zurücklegst, das geht nahtlos in den Müll«, erklärte sie mir.

Ich machte ein noch zerknirschteres Gesicht. »Es tut mir wirklich so leid!«, beteuerte ich.

»Kein Thema. Hey, aber was für eine Überraschung, dich hier zu sehen.« Sie beugte sich näher zu mir und fragte leise: »Woher kennst du denn solche Leute?«

»Daran bin wohl ich schuld«, flüsterte es hinter uns.

Susanne zuckte etwas zusammen. »Sorry, ich hatte das nicht so gemeint.«

»Ich weiß«, lächelte Felix und stellte sich vor. »Ich bin Felix, Jojos Freund.«

Susanne sah mich überrascht an. »Ach was? Du hast einen neuen Freund?«

»Ähm, ja«, sagte ich und wurde etwas rot.

Susanne guckte erschrocken. »Oh, bin ich gerade in ein Fettnäpfchen getreten?«

»Nein, für so was bin immer noch ich zuständig«, sagte ich.

Susanne lachte. Dann blickte sie auf das Tablett mit den zermatschten Häppchen und meinte: »Wie ich sehe, hast du dich nicht verändert.«

Sie klang ganz und gar nicht böse, sondern nett.

»Aber wir arbeiten daran«, meinte Felix.

Susanne lachte wieder. »Na viel Glück! Ich muss jetzt weiterarbeiten. Melde dich doch mal, Jojo, wir können ja mal was zusammen unternehmen.«

»Im Ernst?«, fragte ich erstaunt.

»Klar, wir achten halt darauf, dass keine Colagläser, Ketchuptütchen oder sonstige gefährliche Dinge in der Nähe sind.«

»Auch Sonnencremetuben sollten wir verbannen«, schlug Felix vor.

»Ah, ich sehe, ihr seid schon länger zusammen«, grinste Susanne. »Also viel Spaß noch!«

»Danke! Und übrigens, die Häppchen sind superlecker«, sagte ich.

»Hast du denn schon eins probiert?«

»Ähm, ehrlich gesagt, nein. Aber sie sehen lecker aus und fühlen sich lecker an.«

»Und haben exzellente Flugqualitäten«, ergänzte Felix.

»Ja, darauf legen wir besonderen Wert«, lachte Susanne und gab einem der anderen Kellner, der gerade mit einer Platte Häppchen vorüberging, ein Zeichen, er möge uns etwas anbieten.

Ich sah auf die mundgerechten Toaststückchen. Felix deutete auf eins, auf dem eine schwarzbraune, krümelige Masse lag. »Hier ist der Kaviar«, sagte er zu mir. Dann wandte er sich an Susanne. »Meine Freundin isst den allerdings nur mit Ketchup.«

Susanne lachte und ich ärgerte mich. Musste Felix mich hier bloßstellen oder was sollte das?

Susanne hörte auf zu lachen. »Im Ernst?«, fragte sie.

Felix blickte mich abwartend an.

Ich warf den Kopf zurück und meine Augen funkelten böse. »Ja«, sagte ich zu Susanne, »ich mach mir immer einen Klecks Ketchup auf meinen Kaviar.«

Susanne hob unmerklich die Augenbrauen. Dann griff sie in die Tasche ihrer Schürze und zauberte ein Tütchen Ketchup hervor. »Ich hätte auch noch Mayonnaise und Senf im Angebot«, grinste sie.

Ich nahm das Ketchuptütchen und bedankte mich, während Felix ein Kaviarhäppchen vom Tablett nahm und es mir hinhielt. Der Kellner ging weiter, Susanne ebenfalls.

»Was sollte das?«, zischte ich Felix an.

Der sah mich erstaunt an. »Was hast du denn? War doch witzig, oder?«

»Fand ich gar nicht.«

»Also willst du es nicht essen?«

»Natürlich esse ich es, ich muss nur erst meinen Ketchup drauftun, halt still.«

Das musste ich jetzt eisern durchziehen.

Ich versuchte, das Tütchen zu öffnen, und was passierte, war klar: Zwei Sekunden später hatte Felix den Inhalt quer über seinem Hemd. Ich schwöre, ich hab es nicht extra gemacht. Vielleicht hätte Felix mir ja geglaubt, wenn ich nicht wütend gesagt hätte: »Das hast du jetzt davon!«, statt mich einfach zu entschuldigen.

Felix biss ärgerlich die Zähne zusammen, sagte: »Ich geh das mal abwaschen«, drückte mir das Kaviarhäppchen in die Hand und verschwand.

Da stand ich nun mit einem halb leeren Ketchuptütchen und einem kleinen Kaviartoast und war superwütend. So wütend, dass ich am liebsten angefangen hätte zu heulen. Stattdessen schob ich mir das Häppchen in den Mund. Ich hatte noch nie in meinem Leben Kaviar gegessen, also wollte ich diese Chance nicht ungenutzt verstreichen lassen. Ich verzog das Gesicht, es schmeckte mir ganz und gar nicht. Es schmeckte salzig und leicht fischig. Schnell schlürfte ich den Rest Ketchup aus dem Tütchen.

»Nette Kombi«, sagte eine Stimme hinter mir.

Ich drehte mich um und war verblüfft, als ich Felix sah. »Na, das ging ja schnell.«

Felix hatte ein neues Hemd an.

Finster fragte ich: »Hast du seit Neustem immer ein Ersatzhemd dabei, wenn du mit mir ausgehst?« Dann sah ich ihn genauer an und trat einen Schritt zurück. »Und du hast dir die Haare gegelt? Oder hast du sie gerade gewaschen? Sag bloß der Ketchup ist bis in deine Haare gespritzt!«

»Wow, Mädel, was gehen dich meine Haare an?«

»Sag mal, wie redest du denn mit mir!«, fauchte ich.

Felix war völlig unbeeindruckt und meinte überheblich: »Solltest du nicht eine Schürze anhaben und hier bedienen?«

Ich starrte Felix sprachlos an. Nun war er ja wohl vollends übergeschnappt. Ich zischte wütend: »Weißt du was, ich geh jetzt. Mir reicht's. Vergiss es, ruf mich nicht mehr an. Ich wusste von Anfang an, dass das mit uns nicht gut gehen kann.«

Da fing Felix an, laut zu lachen. »Das wird ja

immer netter, wieso sollte ich dich überhaupt anrufen?«

»Hast du gerade mit meinem Bruder Schluss gemacht? Das ist eine gute Entscheidung. Er ist ein Nichtsnutz«, sagte jemand hinter mir.

Ich drehte mich um und sah Felix. In einem immer noch leicht mit Ketchup verschmierten Hemd. Ich riss entsetzt die Augen auf. »Was um Gottes willen tun die hier in den Kaviar?«, fragte ich entsetzt. »Ich sehe ja schon doppelt!«

»Dafür kann der Kaviar nichts«, meinte Felix, deutete auf seinen Doppelgänger und knurrte: »Das ist mein Bruder Max.«

»Aber er sieht genauso aus wie du.«

»Nein, das stimmt nicht, ich sehe besser aus«, meinte Max.

Ich blickte zwischen den beiden hin und her und musste zugeben, er sah tatsächlich noch einen Tick besser aus. Genau genommen sah er sogar umwerfend gut aus.

»Wir sind Zwillinge«, erklärte Felix.

»Sehr zu seinem Leidwesen«, ergänzte Max. »Ich denke, er würde mich gerne zur Adoption freigeben.«

»So eine Schwester habe ich auch«, nickte ich Felix verständnisvoll zu.

Felix widersprach: »Nein, glaub mir, Flippi ist Gold gegen ihn.«

»Aber wieso weiß ich das nicht? Wieso hast du nie von ihm erzählt?«, fragte ich Felix.

»Weil ich ganz gerne vergesse, dass er mein Bruder ist. Er ist seit zwei Jahren auf einem Internat. Strafaktion wegen schlechten Benehmens. Und damit kämen wir zu der Frage …«, nun wandte er sich an seinen Bruder, »… was du hier machst.«

Max grinste breit. »Bin vom Internat geflogen.«

»Was für eine Überraschung!«, spottete Felix. »Und jetzt?«

»Wir werden sehen.«

»Und was sagt Papa dazu?«

»Noch nichts. Der hat noch keine Ahnung. Der Brief dürfte erst in den nächsten Tagen ankommen. Ich bin hier bei Rafael untergetaucht.«

Felix stöhnte.

»Und es wird noch besser, Bruderherz«, fuhr Max fort. »Ich werde wieder zu Hause einziehen. Wir haben wohl alle Privatschulen und Internate durch. Jetzt muss ich auf die öffentliche Schule.« Max musterte mich abschätzig. »Du siehst aus, als gingst du auf eine öffentliche Schule. Wer weiß, wenn du Glück hast, sind wir nach den Ferien Klassenkameraden.«

»Und wenn du Glück hast, schlage ich dir auf dem Schulhof nicht die Nase blutig«, gab ich empört zurück.

Max sagte gespielt verängstigt: »Uh, da fürchte ich mich aber.« Dann wandte er sich wieder an seinen Bruder. »Gehört die zu dir? Nein, antworte nicht, ich kann's mir denken. Du hattest schon immer einen Hang zu Küchenpersonal.«

Felix holte aus und seine geballte Faust traf seinen Bruder mitten ins Gesicht. Dann sah er Max erschrocken an und sagte: »'tschuldigung.«

»Spinnst du!«, jaulte der und hielt sich die Nase. Langsam tropfte Blut auf sein Hemd.

Ich blickte auf das blutverschmierte Hemd von Max, dann auf das ketchupverschmierte von Felix und meinte: »Ja, ihr seht euch wirklich ähnlich.«

»Das wirst du bereuen!«, schnauzte Max Felix an.

Felix legte den Arm um mich und führte mich aus dem Gewühl. Er grinste mich an. »Und du glaubst, deine Familie wäre anstrengend …«

»Nein, jetzt nicht mehr, ich werde sie ab jetzt lieben und ehren. Alle. Sogar Flippi.«

»Als du eben mit meinem Bruder Schluss gemacht hast«, fragte Felix dann, »und du zu ihm gesagt hast, dass du von Anfang an wusstest, es könne mit uns nicht gut gehen, wie hast du das gemeint?«

»Na, dass ich von Anfang an wusste, dass es mit Max und mir nicht gut gehen kann. Mir war sofort klar, dass es sich um deinen bösen Zwillingsbruder handeln muss.«

Felix grinste breit und nahm mich in den Arm. »Manchmal ist es vielleicht doch ganz gut, wenn man nicht die Wahrheit sagt.«

Ich nickte eifrig und bevor er das Thema weiter vertiefen konnte, küsste ich ihn. Er schien mit dieser Art von Themenwechsel sehr einverstanden zu sein.

Von Hortense Ullrich ebenfalls erschienen:
Hexen küsst man nicht (1)
Never Kiss a Witch
Liebeskummer lohnt sich (2)
Doppelt geküsst hält besser (3)
Liebe macht blond (4)
Love is Blonde
Wer zuletzt küsst … (5)
Und wer liebt mich? (6)
Ein Kuss kommt selten allein (7)
Unverhofft liebt oft (8)
Ehrlich küsst am längsten (9)
Andere Länder, andere Küsse (10)
Kein Tanz, kein Kuss (11)
Liebe auf den ersten Kuss (12)
Kuss oder Schluss (13)
Ohne Chaos keine Küsse (14)
Chaosküsse mit Croissant (15)
Verküsst noch mal (16)
Neuer Kuss, neues Glück (17)

Ullrich, Hortense:
Ketchup, Kuss und Kaviar
ISBN 978 3 522 50256 6

Reihen- und Umschlaggestaltung: Birgit Schössow
Schrift: New Baskerville
Satz: KCS GmbH, Buchholz/Hamburg
Reproduktion: Medienfabrik, Stuttgart
Druck und Bindung: Friedrich Pustet, Regensburg

5 4 3 2 1° 11 12 13 14

www.planet-girl-verlag.de

Freche Mädchen – freche Bücher!

Hortense Ullrich
Neuer Kuss, neues Glück
192 Seiten
ISBN 978 3 522 50229 0

He, was soll denn dieses komische Kribbeln in Jojos Bauch, sobald Felix sie anlächelt? Das hat da überhaupt nichts zu suchen! Schließlich hat Jojo von Liebe und so einem Quatsch die Nase voll. Oder?

Alle Bücher der Reihe »Freche Mädchen – freche Bücher!« unter www.frechemaedchen.de

Meine Welt voller Bücher
www.planet-girl-verlag.de
www.frechemaedchen.de

Freche Mädchen – freche Bücher!

Hortense Ullrich
Verküsst noch mal!
192 Seiten
ISBN 978 3 522 50207 8

In Tims Armen liegen – das ist das Wunderschönste für Jojo! Eigentlich ist sie das glücklichste Mädchen des Universums. Tja, eigentlich. Denn Jojo hat fremdgeküsst. Und Tim darf nie etwas von dieser Riesendummheit erfahren. Nie!

Alle Bücher der Reihe »Freche Mädchen – freche Bücher!« unter www.frechemaedchen.de

Meine Welt voller Bücher
www.planet-girl-verlag.de
www.frechemaedchen.de